Лотос на моей ладони

Каратала Камала

Translated to Russian from the English
version of Lotus on my Palm

Devajit Bhuyan

Ukiyoto Publishing

Все глобальные права на публикацию принадлежат

Издательство Укийото

Опубликовано в 2024 году

Авторское право на содержание © Devajit Bhuyan

ISBN 9789362691552

Все права защищены.

Никакая часть этой публикации не может быть воспроизведена, передана или сохранена в поисковой системе в любой форме любыми средствами, электронными, механическими, копировальными, записывающими или иными, без предварительного разрешения издателя.

Были заявлены личные неимущественные права автора.

Эта книга продается при условии, что она не будет предоставляться во временное пользование, перепродаваться, приниматься напрокат или иным образом распространяться без предварительного согласия издателя в какой-либо форме переплета или обложки, отличной от той, в которой она опубликована.

www.ukiyoto.com

Эта книга посвящается Шриманте Шам Карадеве и всем людям, живущим по всему миру, которые верят, что душа собаки, лисы и осла - это тоже один и тот же Бог, Рама

(Кукура Шригало Гадарбхару Атма рам, джания хабаку кориба пранам)

"Верховный Господь пребывает даже в душах собак, лисиц или ослов,

Зная это, вы проявляете уважение ко всем живым существам".

- Шриманта Санкардев (1449-1568)

Содержание

Предисловие ... 1
Лотос на моей ладони ... 3
Простая религия Санкардевы ... 4
Религия единого подчинения ... 5
Санкардева должен вернуться снова ... 6
В религии Санкардевы ... 7
Принимайте отказ в Санкардеве ... 8
Ученики посещают Санкардеву ... 9
Вселенский Гуру Санкардева ... 10
Золото Ассама ... 11
Бриндавани бастра (ткань) от Санкардевы ... 12
Король червей ... 13
Отъезд Санкардевы ... 14
Ноги Господа Шивы ... 15
Религии в тисках денег ... 16
Молитва ... 17
Деньги ... 18
Ассамский носорог ... 19
Человек ... 20
Оптимистичный взгляд на долину ... 21
Процветающий Ассам ... 22
Избегайте употребления алкоголя ... 23
Война ... 24
Хорошая работа ... 25
Никто не бессмертен ... 26
Фестиваль красок (Холи) ... 27
Читаль ... 28
Фестивальный сезон ... 29
Возраст ... 30
Люби свою мать ... 31
Апрель ... 32
Дашаратха (история из Рамаяны) ... 33
Бхарата ... 34

Лакшмана	35
Лаба (сын Рамы)	36
Ищущий Бога	37
Чарриот честного пути	38
Позаботьтесь о своем разуме	39
Не теряйте времени даром	40
Душевная боль	41
Уход за телом	42
Прогулка ребенка	43
Юмор Мадана	44
Чудо-мопс Коко	45
Ветер	46
Натуральные травы	47
Страх перед разумом	48
Боязнь деревьев	49
Политика смены партии (в Индии)	50
Новые цвета	51
Встреча в следующей жизни	52
Запугивающий	53
Священник	54
Пусть взойдет солнце	55
Бхарата, поторопись	56
Люблю всех	57
Том, начинай работать	58
В момент смерти	59
Домашний воробей	60
Блеск денег	61
Будьте готовы к работе	62
Успешная жизнь	63
Золотой Ассам	64
Свеча	65
Королевство Авадх	66
Бархат	67
луна	68
Заяц	69
Ссора	70

Носорог, сражающийся за выживание 71
Речная волна 72
Комар 73
Астролог 74
Шестидесятилетний возраст 75
Неразлагающаяся мать 76
Любимый Ассам 77
Бальзам любви 78
Информация о доме и семье 79
Деньги приходят тяжелым трудом 80
Бык 81
Гнев 82
Обдув горячим воздухом обдув холодным 83
Самонадеянность 84
Новогодняя любовь и привязанность 85
Погода в Ассаме в марте-апреле 86
Любовь к апрелю 87
Странный мир 88
Материнская любовь 89
Облако 90
Злоупотребление 91
Однажды 92
Бесполезная любовь 93
Шестисотлетнее непрерывное правление Ахома 94
Я добьюсь успеха 95
Сожженное цветочное дерево 96
Народ арабских стран 97
Джунгли 98
Хаддар (ткань хади) 99
Аромат Ассама (масло агарового дерева) 100
Наводнение 101
Плод труда (Карма) 102
Ревность 103
Все пойдет как обычно 104
Черепаха 105
Ворона и лиса 106

Найдите свое собственное решение 107
Никто тебя не поднимет.. 108
Ревность, Ревниво, Ревниво 109
Смертность и бессмертие... 111
Я не знаю цели 112
Куда деваются наши кровно заработанные деньги? 113
Мангуст... 114
Божьи благословения... 115
Лучше быть мертвым деревом 116
Я живу с зомби 117
И жизнь идет именно так... 118
Разбитое сердце 119
Непреодолимая технология 120
Гендерное неравенство 121
Однажды стеклянного потолка не будет... 122
Бога не интересуют его молитвенные дома... 123
Об авторе.. 124

Предисловие

Шриманта Шанкарадева родился в 1449 году в Бардове, расположенном в округе Нагаон в Ассаме, северо-восточной части Индии, известном своим чаем и однорогим носорогом. Шанкарадева потерял родителей в раннем возрасте, и ответственность за воспитание ребенка легла на его бабушку, которая прекрасно справлялась с этой задачей. Даже в столь юном возрасте Шанкара проявлял великую силу ума и тела. Примерно в это же время также произошло много сверхъестественных эпизодов, которые доказали, что он не был обычным ребенком. Первым произведением Шанкарадевы, написанным в его самый первый день в школе, является стихотворение *"Каратала камала, камала дала наяна"*.

"কৰতল কমল কমল দল নয়ন।

ভব দব দহন গহন-বন শয়ন॥

নপৰ নপৰ পৰ সতৰত গময়।

সভয় মভয় ভয় মমহৰ সততয়॥

খৰতৰ বৰ শৰ হত দশ বদন।

খগচৰ নগধৰ ফনধৰ শয়ন॥

জগদঘ মপহৰ ভৰ ভয় তৰণ।

পৰ পদ লয় কৰ কমলজ নয়ন॥

(Каратала камала, камаладала наяна

Бхавадава дахана гахана вана саяна

Напара напара пара сатарата гамайа

Сабхайа мабхайа бхайа мамахара сататайа

Харатара варашара хатадаса вадана

Кхагачара нагадхара фанадхара саяна

Джагадагха мапахара бхавабхайа тарана

Парапада лайакара камаладжа наяна)"

Уникальность этого стихотворения в том, что оно полностью состоит из согласных и не содержит ни одной гласной, кроме первой. История такова, что Шанкарадева учился в школе вместе со старшеклассниками, которым было предложено сочинить стихотворение. Он последовал ее примеру, хотя выучил только первую гласную алфавита. В результате получилось изысканно-трогательное стихотворение, посвященное Господу Кришне и описывающее его качества. Шриманта Шанкарадева считается отцом социально-культурной жизни Ассама. Он также является одним из предков, модернизировавших ассамский язык, который произошел от санскрита.

Шриманта Санкардева также является одним из величайших социальных и религиозных реформаторов Индии. Он изучил все религиозные философии, существовавшие в Индии в 15 веке, и пропагандировал новую секту индуизма под названием Эка Саранан Наам Дхарма, свободную от ритуалистического индуизма. Он выступал против жертвоприношений животных во имя Бога, которые были распространены в индуизме. Он также выступал против кастовой системы индуистской культуры и пытался интегрировать ее, выходя за рамки касты и вероисповедания. Его знаменитые слова "Кукура Шригала Гордобору атма Рам, джанийя сабаку кориба пронам" означают *собаку, лису, осла, душа каждого - Рама, поэтому уважайте каждого*. Это далеко продвинулось в области гуманизма и обращения к человечеству, подобно изречению Иисуса: *"Ненавидь грех, а не грешника"*.

Следуя пути, указанному Шримантой Шанкарадевой, я написал три поэтических сборника на ассамском языке, а именно "Каратала Камала", "Камала дала Наяна" и "Борофор Гхор", не используя кар, символ гласных, распространенный в индийских языках, которые произошли от санскрита. Эта книга "Лотос на моей ладони" является переводом моей книги "Каратала Камала", написанной на ассамском языке. Невозможно перевести книгу на английский язык без использования гласных, поэтому перевод выполнен с сохранением духа и темы оригинальных стихотворений, не нарушая основного смысла. Надеюсь, читателям понравится эта книга стихов, и мир узнает об учении и идеалах Шриманты Шанкарадевы.

_____Деваджит Бхуян

Лотос на моей ладони

Санкардева спал под цветущим деревом бур
Солнечные лучи ослепительно падали на его лицо
Королевская кобра заметила это и подумала, что солнечный свет беспокоит Шанкара
Кобра вылезла из своей норы на дереве и отбросила тень
Когда друзья и люди, находившиеся поблизости, увидели это, все были поражены
Санкардева должен получить небесные благословения от Бога
И он написал свое первое стихотворение еще до того, как выучил весь алфавит
Люди всем сердцем полюбили его стихи и начали хвалить
Но у жрецов, совершавших жертвоприношения животных, возникло много вопросов
Царь приказал убить Санкардеву, используя слона, чтобы разбить его тело
Но он остался невредим по милости Божьей
Более десяти лет Шанкара посещал святые места, чтобы приобрести знания
Он вернулся просветленным, сочинив несколько бессмертных стихов на ассамском
Лотос на моей ладони по-прежнему любим жителями Ассама, это бессмертное произведение искусства
Его учение о всеобщей любви и братстве сделало Ассам богатым.

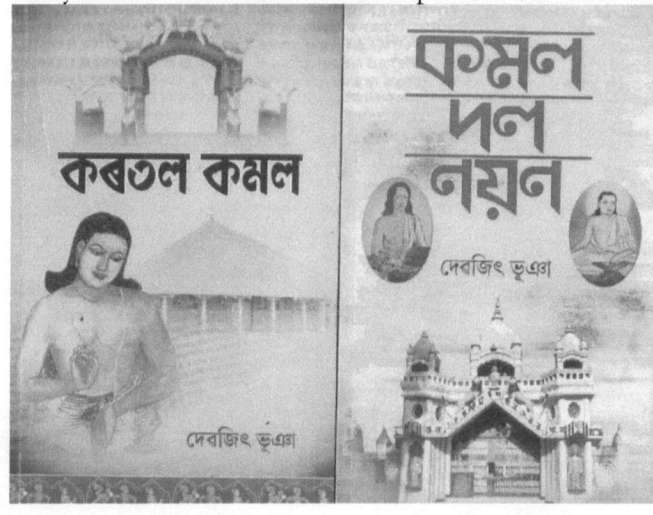

Простая религия Санкардевы

Мировая религия - это любовь
Путь к любви - это хорошая работа, а не трения
Когда ум чист, путь к любви легок
Быть простым и любить все - это хорошая религия;
В гневе религия и путь к любви заходят в тупик
Мы всегда говорим, что религия других - это горячо и плохо
Никогда не уважайте и не терпите чужих взглядов
В результате религия становится инструментом невежества и подавления;
Любить всех просто и легко сказать, но трудно следовать за ними
Таким образом, это религиозное учение никогда не распространяется подобно сорнякам
Люди совершают религиозные паломничества с желанием и жадностью
Но религии Шанкара Девы легко следовать, вам ничего не нужно;
Алкоголь - это не путь к спасению и не убийство невинных животных
Страх и жадность - это не колесница работы и не цель жизни
Только любовь и люби все - вот стрела истинной религии.
Деньги, жадность, ненависть и физическая сила - это не путь к удовлетворению
По словам Шанкара Девы, молитва без желаний дает спасение.

Религия единого подчинения

Посредством клонирования из своего тела Бог создал людей
Мы должны подчинить свою жизнь этому всемогущему
Давайте помолимся ему с цветком лотоса на стопах
Стрела времени останавливается по его желанию, и все жизни заканчиваются;
'Бхарата' - брат Господа Рамы, родившийся в доме царя Дашаратхи.
Рама показал путь любви, уважения и важности преданности делу
Дивали, праздник света, празднуется как победа добра над злом
Рама вернулся домой, уничтожив Равану, символ зла и безнравственности
Установленная истина, верховенство закона на основе справедливости, доверия и любви ко всем подданным
Учение Шанкары Девы, преданного Рамы, тоже таково: люби всех
Люди в Ассаме и по сей день следуют пути, указанному Шанкаром Девой
Дьявол касты, вероисповедания, религиозной ненависти не приветствуется на земле Шанкар Дев
Благодаря его учениям и молитвенной системе его религия стала просветляющей.

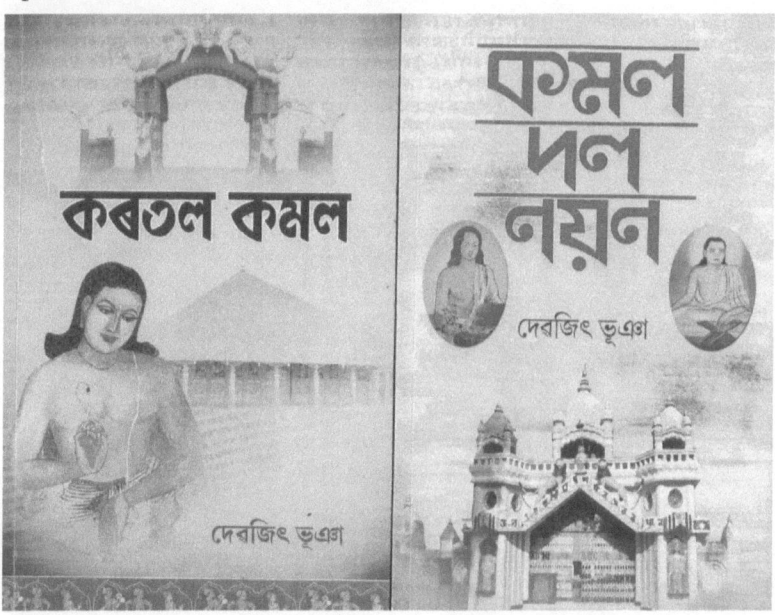

Санкардева должен вернуться снова

Шанкар Дев должен снова вернуться в Ассам, чтобы проповедовать свои религиозные принципы

Боль и разделение, сопровождавшие прогресс, он может только искоренить

Невидимые заросли религиозной, социальной и гендерной дискриминации на его земле

Только его учение может искоренить ненависть и разногласия в человеческом обществе

Его присутствие избавит ассамцев и индийцев от большинства бед

Санкардева должен вернуться, и Ассам снова должен засиять на земном шаре

Система его крещения и принятия в ученики станет глобальной

Мышление людей изменится, и братство будет процветать

Его храм-молитвенный дом "Намгар" достигнет новых высот

Разногласия и ссоры во имя мелочных религиозных толкований должны исчезнуть

Мышление ассамцев будет открытым, более широким, и люди будут объединять людей

Социокультурная среда мира никогда не увидит черного густого облака разделения.

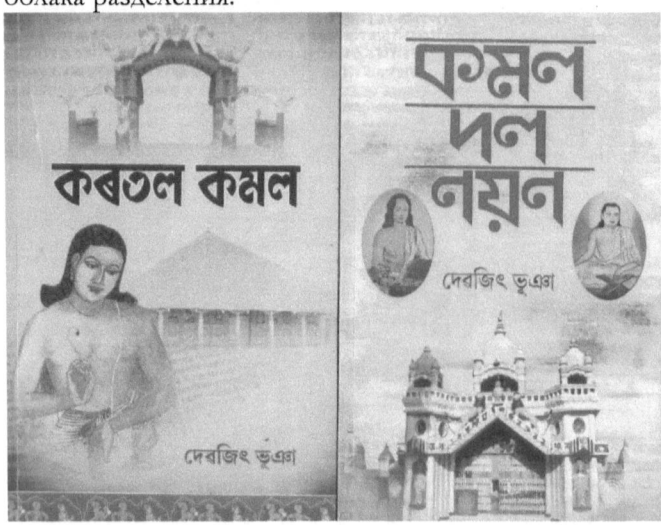

В религии Санкардевы

Давайте сохраним лотос на стопах Санкардевы
Давайте сделаем его учеником во всем мире
Религия Санкардевы очень проста
Он сказал, что Бог уникален и невыразимо един
Нет необходимости жертвовать собственным творением Бога ради его благословений
Молитесь Богу с чистым умом, и это очень просто
Бог существует везде, и молитесь в любое время и в любом месте
Любить не только людей, но и все животное царство - вот истинная религия
Сделай свой ум смелым и твори добро, и ты станешь просветленным.

Принимайте отказ в Санкардеве

Разум всегда неустойчив и непостоянен
Чтобы преодолеть это, Шанкар выбрал простой путь
В старости ни деньги, ни богатство не дадут покоя
Вам придется гулять одному, даже если вы находитесь рядом с многолюдным пляжем
Ни с кем из молодых людей не будет интересно разговаривать, даже в вашем собственном доме
И душевная боль многократно усилится
Зачем быть обузой для других в последние дни жизни
Молитесь Богу с открытым умом и любым желанием от всего сердца
Несомненно, тексты Шанкары укажут непостоянному разуму путь к спасению.

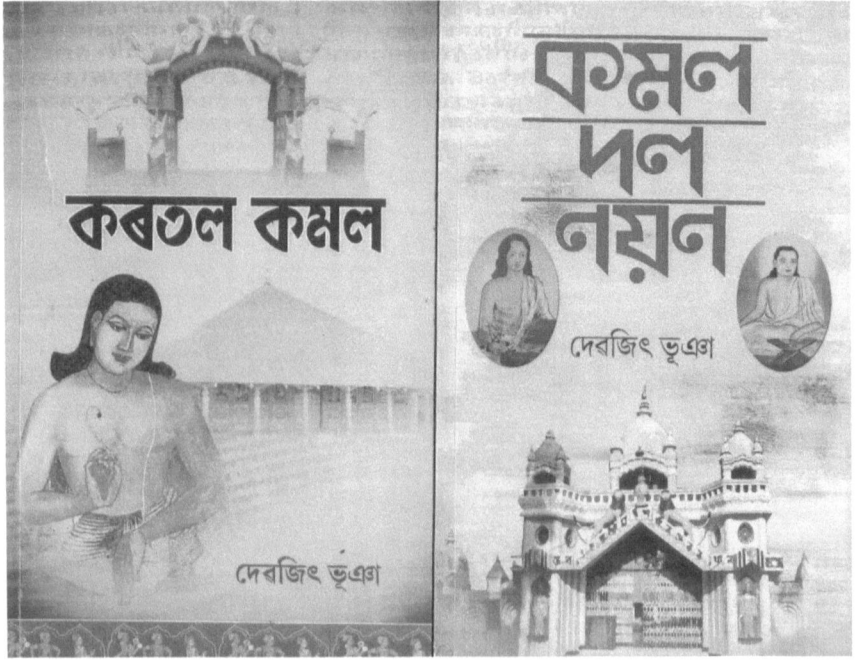

Ученики посещают Санкардеву

Лотос на руке
Саботаж пешком
Звук "хот-хот'
Символизирует приход Санкардевы;
Ученики приходят в восторг
Их желание встретиться с Санкардевой осуществилось
Санкардева был похож на яркое солнце
Ученики были удивлены, увидев его сияние
Из их уст потекли молитвы
Они прикоснулись к стопе Санкардевы с неземным наслаждением
Жизнь учеников стала успешной
Санкардева обратил их в свою современную и простую религию
Постепенно учение Санкардевы распространялось подобно лесному пожару
Небо, воздух и дома Ассама начали напевать его стихи
Социально-культурная жизнь Ассама пошла по новому пути.

Вселенский Гуру Санкардева

Санкардева - универсальный Гуру для человечества
Он является символом добра, равенства и духовности
Никто не является и не будет равноценен ему
Можно было увидеть лишь нескольких современников Санкардевы
Распространялось учение о едином Боге, единой молитве и братстве
Темнота в сознании людей быстро рассеялась
Жадные и жестокие люди пришли в себя
Санкардева был величайшим драматургом и режиссером всех времен
Его пьесы очень быстро распространились и стали основой ассамской культуры
Видение Санкардевы не ограничивается только человеческими существами
Она охватывает жизнь каждого живого существа на этой планете Земля
Санкардева, вечный Крестный отец ассамской национальности.

Золото Ассама

Дом Хазарат находился в арабской стране
Духи очень дороги его уму и религии
Новая религия, зародившаяся в Саудовской Аравии, - Хазарат был пророком
Религия отказалась от поклонения идолам и стала поклоняться только одному Богу
Новая религия, не связанная с ритуалами, быстро стала популярной
Паломничество Хадж, ставшее ежегодным ритуалом
Вскоре начались ссоры с другими религиями
Война вспыхнула в городе из-за религиозной нетерпимости
Народы мира сильно пострадали из-за религиозных конфликтов
Люди из неарабского мира обвиняли Мухаммеда в своих страданиях
Санкардева проповедовал братство и всеобщую любовь между представителями всех религий
Последователи ислама также стали его учениками
В Ассаме не было ни одного религиозного крестового похода или конфликта
Общество двигалось вперед в условиях общественной гармонии
Санкардева зарекомендовал себя как Золото Ассама.

Бриндавани бастра (ткань) от Санкардевы

Вместе со своими учениками Санкардева начал ткать монументальное полотно

Все, кто участвовал в создании этого шедевра, остались в восторге

На этом единственном куске ткани была изображена история Господа Кришны

Весь мир был ошеломлен, глядя на красоту Бриндаванской бастры

Это уникальное изделие стало венцом ассамского ткачества и текстильной промышленности

Время от времени британцы приходили в Ассам и становились его правителями

Бриндавани бастра был доставлен в Лондон

Он до сих пор хранится в Британском музее как памятник Санкардеве и ткачам Ассама.

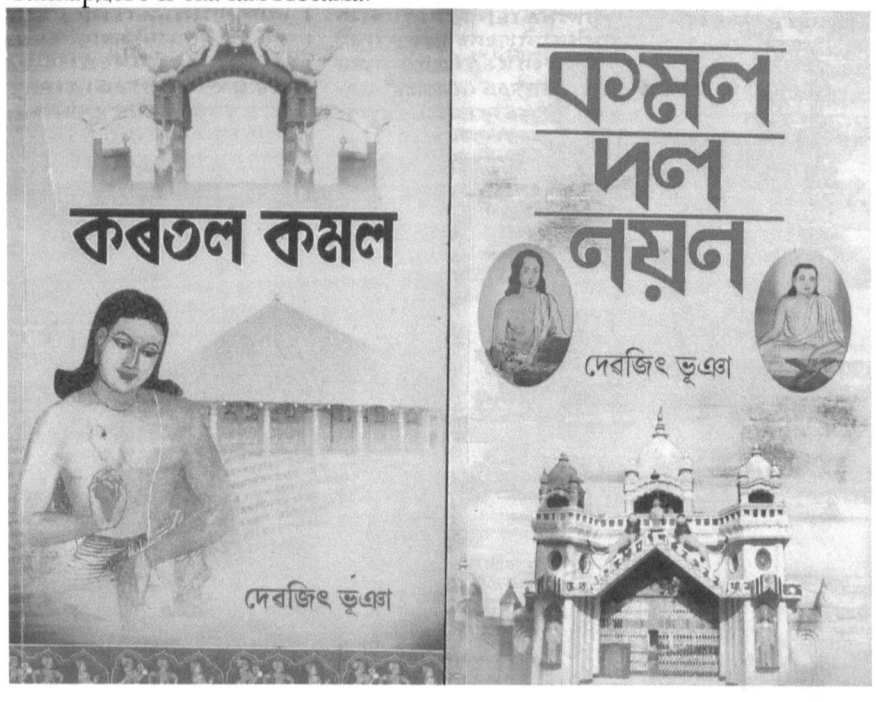

Король червей

Для жителей Ассама Санкардева стал новым королём сердец
На горизонте Ассама он восходит, как яркое солнце
Его слова и учения стали подобны дуновению ветра
Ассам оказался в центре его внимания
Его труды стали религиозным текстом для реформированного индуизма
Люди приходили целыми толпами, чтобы стать его последователями и учениками
Ритуалистический индуизм стал простым для простых людей
Барьер касты, вероисповедания, богатых и бедных рухнул
Люди следовали его букве и духу
Он был коронован как бесспорный король червей в Ассаме.

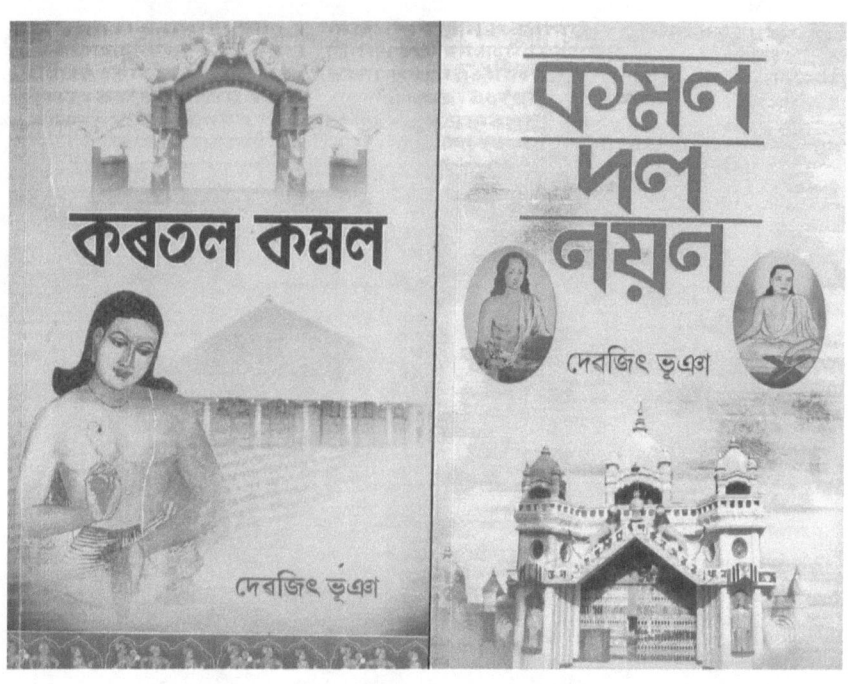

Отъезд Санкардевы

Со дня рождения Санкардевы прошло сто двадцать лет
Настало время ухода святого Санкардевы из этого мира
Санкардева решил не делать никого из царей своим учеником
Но король Ассама Наранараяна настоял на том, чтобы крестить его
Санкардева решил оставить мирскую жизнь до того, как царь окажет на него еще большее давление
Он удалился в небесную обитель, отдав своим ученикам все свои сокровища
Весь Ассам и Бенгалия были потрясены его отъездом
Люди плакали несколько дней, и слезы лились как дождь
Санкардева обрел бессмертие благодаря своим религиозным текстам и другим произведениям
До сегодняшнего дня его стихи и сочинения являются основой ассамского языка и классикой.

Ноги Господа Шивы

Конец драмы в этом мире наступает благодаря Господу Шиве
Смерть - это конец отражения жизни в его зеркале
Господь Шива - идеальный танцор в этой вселенной
В круговороте его вечного танца исчезают звезды и планеты
По его зову даже галактики умирают и превращаются в черные дыры
Господь Шива может быть легко удовлетворен молитвами с чистым умом
Жизнь и смерть - это часть созидания и разрушения
Никто не может избежать смерти, даже Господь Рама и Кришна
Даже царь Яма, бог смерти, является всего лишь посланником Господа Шивы.

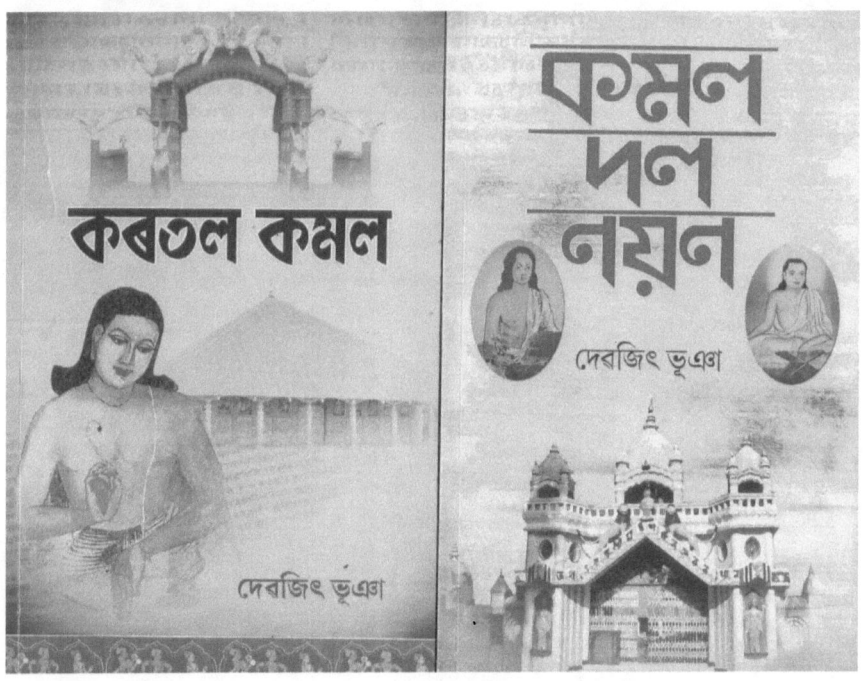

Религии в тисках денег

Сейчас мир полон греха и нечестивых поступков
Даже вершина горы и морские глубины не свободны
Никому не нравится простая целостная жизнь
Все заняты плаванием в море греха
Религии находятся во власти денег
Преступники добиваются успеха в религии с помощью власти денег
За деньги священник восхваляет преступников святым душем
Однажды произойдет повторное воплощение Бога
Мир будет свободен от ненависти, греха и преступлений.

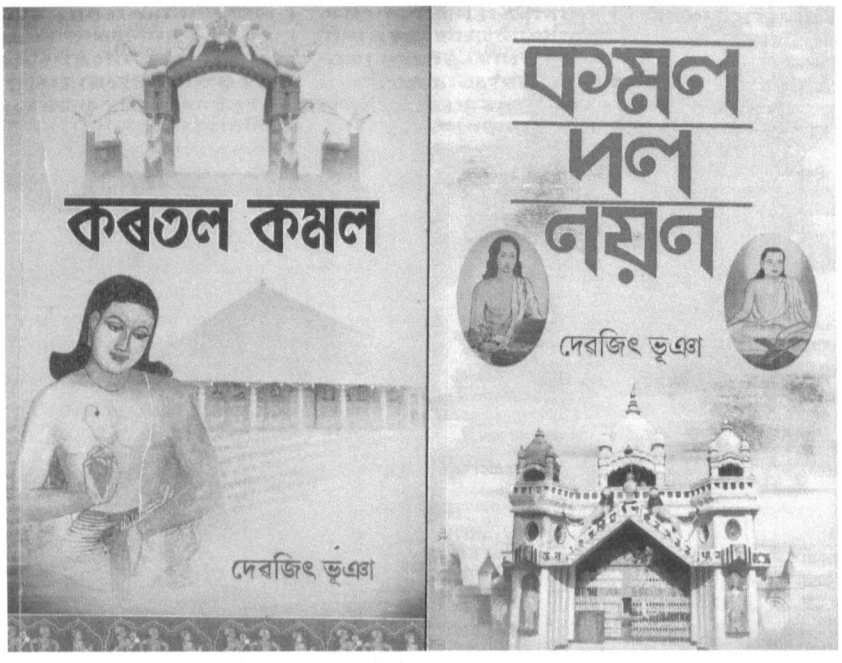

Молитва

Чтобы очистить разум, необходима молитва
Чтобы убрать паутину из людей, это жизненно важно
Молитву следует совершать с чистым умом
Результат молитвы, только тогда мы сможем найти
К каждому живому существу мы должны быть добры
Из-за жадности наш разум становится замкнутым и слепым
Только благодаря молитвам мы можем расслабиться
Молитва - важная часть уединения
Молитва без ожидания может изменить отношение
Благодаря молитвам разум становится чистым, здоровым и сильным
Резкие слова никогда не должны срываться с языка.

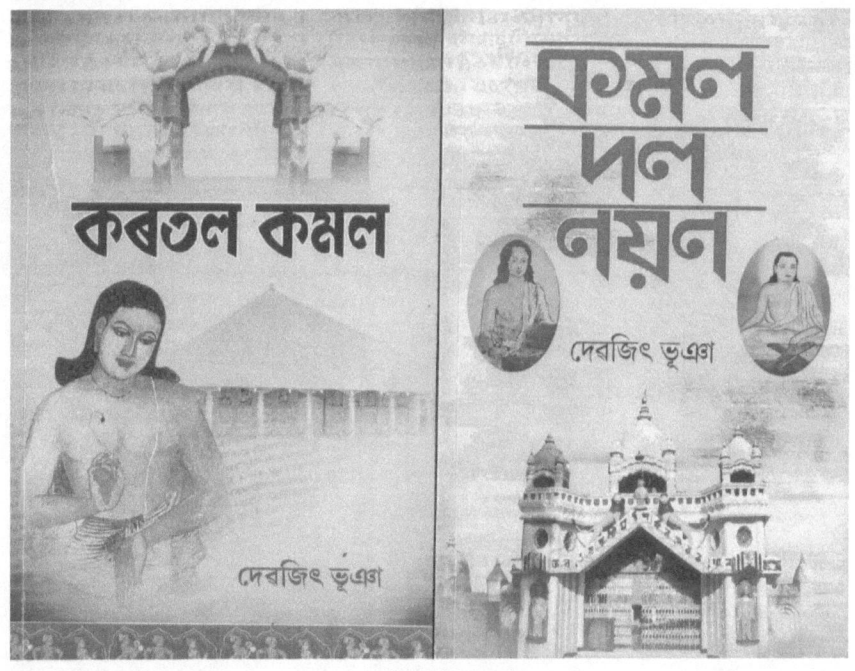

Деньги

В наши дни в мире деньги - это цель человека
Когда приходят деньги, они приносят в душу райские ощущения
Но чрезмерная жадность к деньгам делает ум зависимым и статичным
Деньги необходимы только как средство выживания для полного удовлетворения потребностей
Но жажда денег - это не необходимость, а всего лишь жадность
Это правда, что деньги никогда не растут на дереве
В этом мире вы не можете зарабатывать деньги бесплатно
Единственный ключ к тому, чтобы зарабатывать деньги, - это упорный труд
Ваш мир никогда не станет раем, если в нем будет больше денег
Чрезмерная жадность делает горьким даже мед.
Деньги никогда не будут вашим спутником в вашем последнем путешествии.

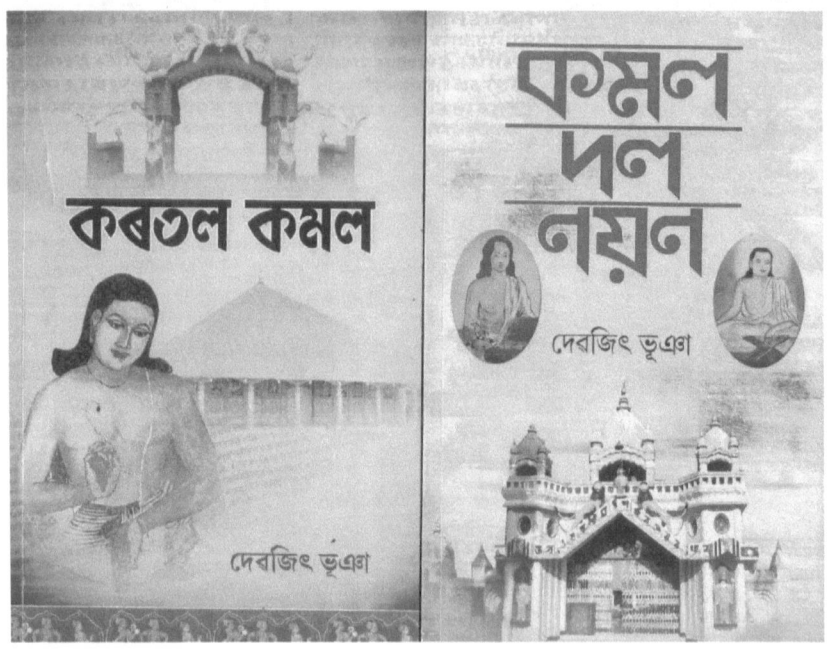

Ассамский носорог

О, твой человек, имей немного стыда
Не отнимайте рог у невинного носорога
Ассам знаменит этим однорогим животным
Работайте вместе с агентствами для их выживания
Не занимайтесь браконьерством и не убивайте их в местах их обитания
Проложите для них тропинку любви, посещая их в дикой природе
Они - слава Ассама и его одинокое дитя
Испытываешь боль, когда браконьеры убивают носорога
Посмотрите на эту красоту, когда они бродят рядом с бамбуком
Казиранга дала средства к существованию многим молодым и старым
Станьте волонтером в миссии по защите этого животного как своего золота.

Человек

Мужчина! Ты не начнешь еще одну мировую войну
Человек, ты остановишь и прекратишь продолжающуюся войну
Если вы продолжите войну, разрушение мира не за горами
Основы человечества и цивилизации будут поколеблены
Дороги, здания, мосты, которые вы построили, - все будет разрушено
В течение нескольких часов красивые большие города будут разрушены
Леса и дикие животные будут вырваны с корнем
Весна не придет с пением птиц
Больше не будет стад домашних животных
Мужчина! Вы обещаете своим детям прекратить военные действия
Чтобы остановить войну, нужны любовь и братство, а не формальности соглашения.

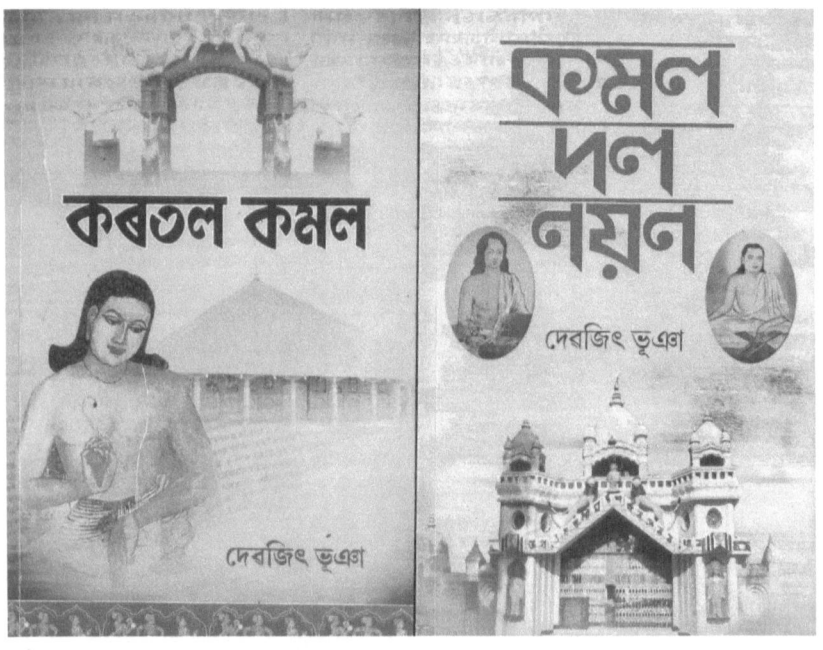

Оптимистичный взгляд на долину

В высокогорных, замерзших домах
Руки становятся ледяными и не могут пошевелиться
Даже употребление горячих супов не может помочь
Шерстяная одежда не может согреть тело
Хотя алкоголь не является горячим, он может поддерживать комфорт в теле
Чтобы согреться, побегайте туда-сюда с колышком
Чтобы купить продукты на несколько дней, вы должны носить с собой сумку
Примерно через месяц лед растает
Вода будет стекать по долине
Долина снова оживет благодаря новым растениям
Птицы и животные долины будут наслаждаться весной
Новые деревья придадут долине зеленый цвет.

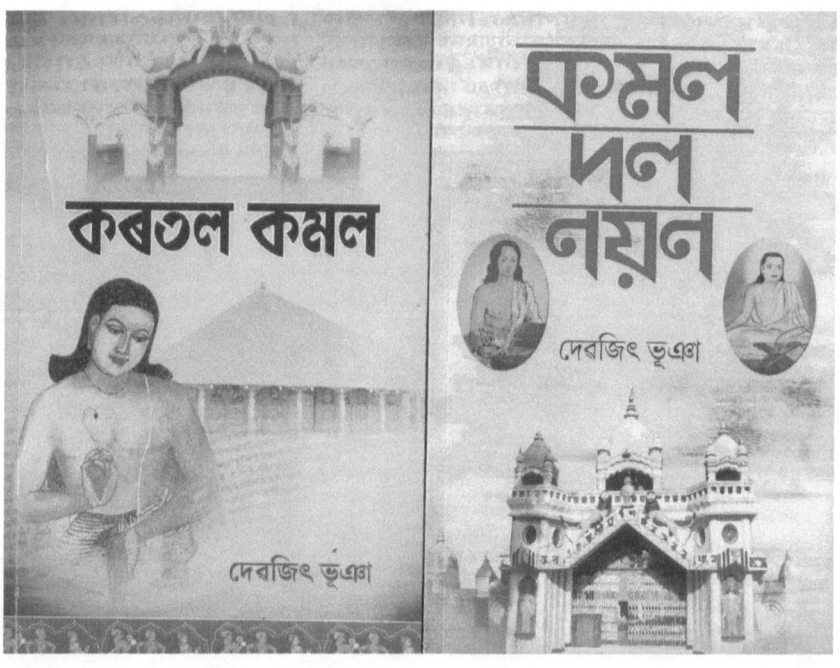

Процветающий Ассам

Весна в Ассаме, как и в других частях света, очень дорога
Медленно приближаются дни различных общественных фестивалей
Ткачи счастливы и активны во время фестивального сезона
Звуки ткацких станков звучат по-новому
Лотосы цветут в прудах и танцуют на легком ветру
Носороги вышли из чащи леса полакомиться мягкой травой
Туристы со смехом и весельем посещают их на открытых джипах
Иногда носороги с разбегу преследуют свое транспортное средство
Какие-то незнакомцы открывают бутылку пива под тремя
Погода и климат здесь ясные, мягкие и свободные
Ассам процветает благодаря цветам, танцам и полету пчел.

Избегайте употребления алкоголя

Алкоголь вреден для такой тропической страны, как Ассам
Жаркий влажный климат не способствует употреблению алкоголя
Сообщества чайных садов, торгующие алкоголем, раньше тонули
Чтобы избежать употребления алкоголя, жителям Ассама следует подумать
Помните историю о бесенке и крестьянине
Что касается употребления алкоголя, то распад семей вполне уместен
Хотя в Ассаме к власти пришла партия лотоса
Они также увеличили количество алкоголя в душе
Нарушители этических норм продают алкоголь подросткам
Страдания и напряжение для родителей - вот что теперь приносит жизнь
Для такого бедного штата, как Ассам, алкогольный бум - это нехорошо
Чтобы получать доход, поощрять употребление алкоголя - это грубо.

Война

Война - это не шутка и не юмор
Даже бессмертный умирает на войне
Война разрушает дома, сельское хозяйство и средства к существованию
Стремительно растут цены на все продукты питания
Война также вредна для животных и деревьев
Дети плачут от страха и видят смерть матери
Их молитвы также не были услышаны Богом-Отцом
Ни эгоист и так называемый мировой лидер-патриот
Человечество никогда не согласится с тем, что война - это ошибка цивилизации
Боль и страдания - это конечный результат конфликта
Мои дорогие лидеры, вы никогда не должны позволять развязывать войну
Однажды история осудит твою жестокость.
Чтобы сделать мир во всем мире мирным, используйте свой мозг и инстинкт.

Хорошая работа

Плод хорошей работы - это хорошо
Результатом плохой работы являются страдания - это правило
Бог сопровождает вас при выполнении хорошей работы
В результате недобросовестной работы вы должны страдать в одиночестве
Сила тяжести притягивает плоды с деревьев
Точно так же хорошая работа привлекает Божьи благословения
Скоро вы увидите, что ваша работа блестит.

Никто не бессмертен

Ни один человек в этом мире не бессмертен
Каждое мгновение мы движемся навстречу смерти
На пути честности нет страха упасть.
С любовью к Богу мы легко преодолеем это путешествие
Не сходите с ума по деньгам и богатству
Бессмертие никогда не купишь за деньги
Укрепи свой разум, чтобы быть смелым и не бояться смерти
Будьте щедры, добры и честны при жизни
В момент отъезда вы не пожалеете.

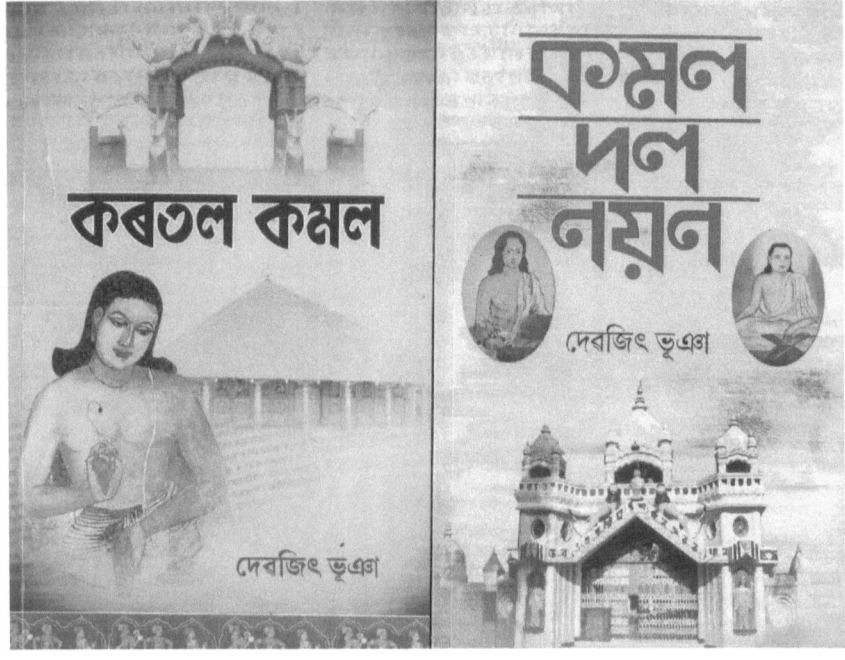

Фестиваль красок (Холи)

Холи, фестиваль красок
Наслаждайтесь любовью и привязанностью Холи
Текут волны цветов: красный, желтый, синий, зеленый
С помощью красок все тело человека сияет
Город, поселочек, деревня - везде один и тот же дух
Наслаждаться великолепием цвета - это инстинкт
На фестивале красок каждый наслаждается днем, забывая о боли
Семь цветов - это дух жизни, тема праздника Холи.

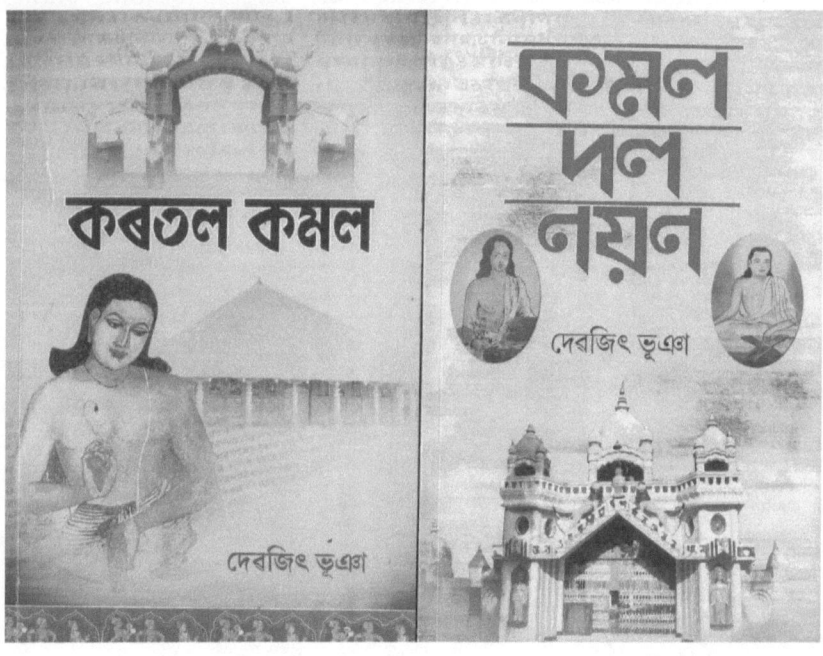

Читаль

Читалъ, ты счастливо пасешься в джунглях
Но будьте внимательны к человеческим существам
Они с жадностью набросились на ваше мясо
Скорость стрелы, которую ты не можешь превзойти
Лучше бы тебе бродить с носорогом
И отдохни рядом со слоном
Ты - прекрасное ожерелье Индии
Ваша кожа и мясо - это ваши вражеские носители информации
С сокращающимся лесом путешествие на выживание станет трудным.

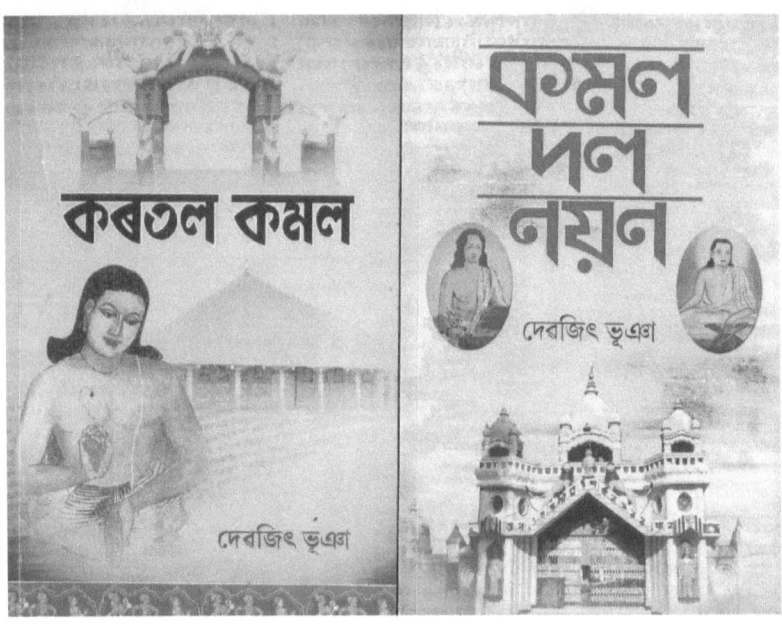

Фестивальный сезон

Ты никогда не заботился обо мне, когда мне было больно.
Бросился ко мне, зная о денежной выгоде
Теперь вы можете бегать даже в жаркое лето без колебаний
Деньги - это возбуждающее мотивирующее удовольствие
Во время фестиваля у вас также не было времени на пожелания
Но ты взобрался на гору ради собственной радости
Но нет времени расспрашивать о твоем друге
Сейчас ты говоришь нежные слова, как я могу доверять
Каждое твое слово продиктовано только финансовыми соображениями и похотью.

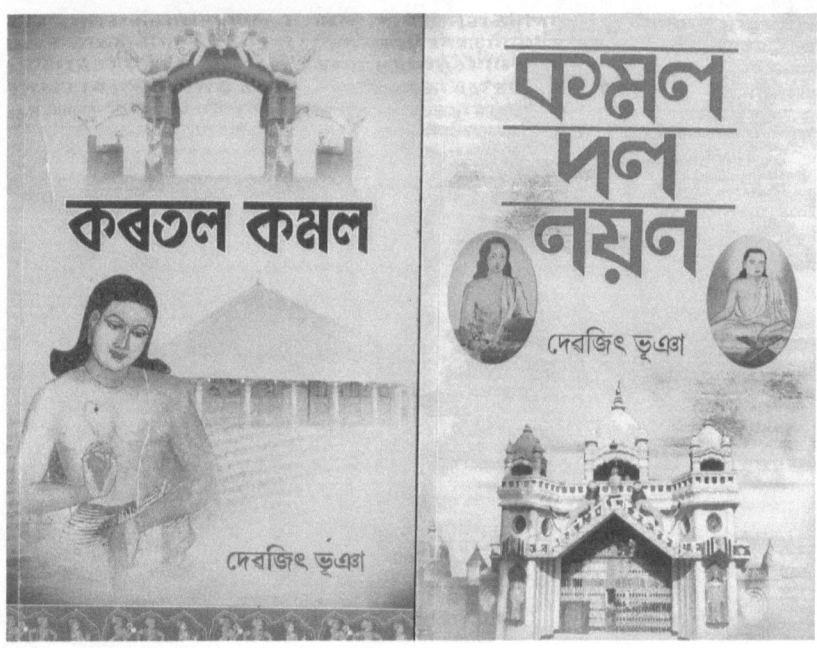

Возраст

В пожилом возрасте люди становятся статичными
Не люблю двигаться, даже подниматься по лестнице
И все же люди боятся смерти
Незавершенные желания, задания и прихоти
Сделать страх смерти еще более страшным
Даже тогда, когда смерть не пощадит ни тебя, ни меня
Итак, зачем бояться смерти, наслаждайтесь моментом
Примите отказ от духовности и всемогущества
Думая о смерти, относитесь к ней легкомысленно.

Люби свою мать

Люби свою мать, заботься о своей матери
В ее болезни любовь лучше лекарства
Одних лекарств недостаточно для лечения болезни
Забота с любовью обладает магической силой исцеления
Вспомните дни своего детства
Когда ты почувствуешь себя лучше от прикосновения материнской ладони
Теперь, в старости, от вашего прикосновения она будет чувствовать себя спокойно
Нет лучшего бальзама, чем ваше нежное прикосновение.

Апрель

Апрель в Ассаме - это не просто первоапрельский праздник
В апреле мысли каждого ассамца витают в воздухе
После холодной зимы время года изменилось
На деревьях пляшут новые зеленые листья
И кукушка непрерывно куковала на манговых деревьях
Ткачихи, занятые плетением новых полотенец (гамоса)
Фестиваль Ронгали Биху, фестиваль радости, стучится в дверь
Все, от мала до велика, заняты исполнением танца Биху
Биху - это душа ассамского народа, живущего на берегу Брахмапутры
Даже носороги Казиранги радуются, видя только что выросшую траву
Апрель - это не просто месяц в календаре
Апрель (Бохаг) делает Ассам зеленым и озаряет сердца ассамцев.

Дашаратха (история из Рамаяны)

От стрелы царя Дашаратхи погиб сын слепого мудреца
Из-за проклятия мудреца бездетный Дашаратха обзавелся детьми
Рама родился вместе с Лакшманой, Бхаратой и Страуном
Кроме того, Сита, жена Рамы, родилась в соседнем королевстве Непал
Чтобы сдержать обещание отца, Рама отправился в изгнание на четырнадцать лет
Лакшмана и Сита также сопровождали Раму во время его изгнания
Из-за душевного потрясения, вызванного отправкой Рамы в джунгли
Дашаратха умер, оставив трон править Бхарате
Сита была похищена в джунглях царем демонов Раваной
Рама добрался до Ланки с помощью Ханумана и других обезьян
Сита была спасена, Равана убит, и все вернулись в Аюдху
Рама основал идеальное королевство, в котором царили равноправие, справедливость и верховенство закона.

Бхарата

Лакшмана отправился в джунгли с Рамой
Бхарата остался в своем царстве
Он правил королевством, удерживая сабот Рамы на Сингхасане (троне).
Волшебный читалал обманул Лакшману
Сита была похищена из их хижины в джунглях
Между Рамой и Раваной разразилась большая война
Лакшаман сыграл ключевую роль в победе над королем демонов
Сита была спасена, и все счастливо вернулись домой
Агония Бхараты закончилась с возвращением Рамы.

Лакшмана

Мудрецы советовали: "Лакшмана, не бойся Раваны".
Сын ветра Хануман с тобой, как тень
Хотя Равана - преданный Господа Шивы
Его эгоизм и высокомерие приведут к его поражению
Время имеет решающее значение на войне, и атакуйте врага лучшим оружием
Используйте свое лучшее оружие в первую очередь
Путь истины и честности всегда торжествует над злом.

Лаба (сын Рамы)

Лаба был внуком царя Дашаратхи
Молодая, энергичная и красивая
Защитник ашрама риши и мудрецов
Слава о Лабе распространилась по всему континенту
Рама призвал его на свое собрание
Его брат Куша также сопровождал его
Слушая их рассказ о Рамаяне, Рама был удивлен
Рама узнал в братьях-близнецах его собственного сына.

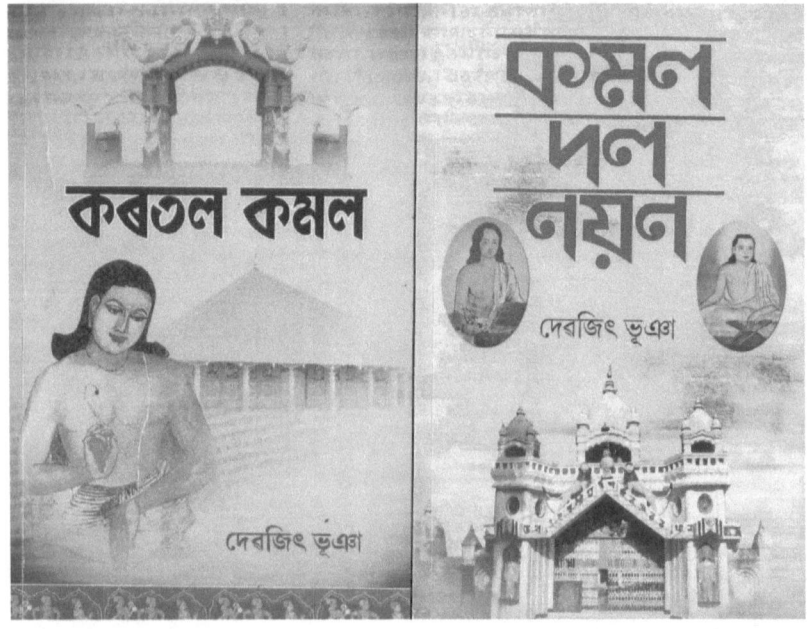

Ищущий Бога

В больших-пребольших храмах даже сегодня приносят в жертву животных
Кровь буйволов и коз течет рекой
Чтобы угодить Богу, люди убивают его собственных детей
Ни одному Богу никогда не будет приятно видеть кровь невинных
Богу будет приятно видеть любовь и заботу обо всех живых существах
О' твой человек, молись Богу с чистотой помыслов
Если вы принесете в жертву невинных животных, Бог не примет вашу молитву
Он никогда не ответит кровью на то, о чем ты молился
Бог всегда милостив и никогда никого не убивает
Если вы жертвуете невинными ради собственной выгоды, вы накапливаете грех.

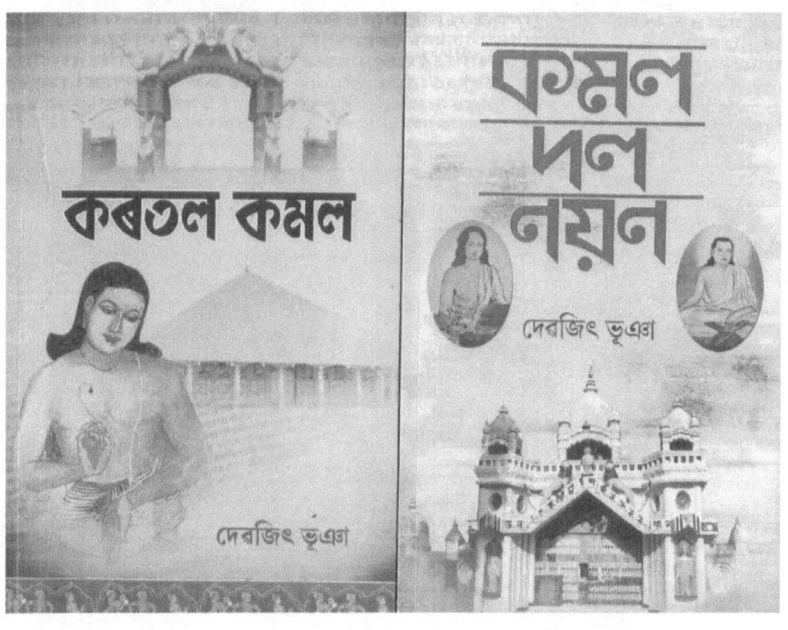

Чарриот честного пути

Это наш Ассам, любимый Ассам
Очень дорогой и близкий нашему сердцу
Ассам - страна высокой культуры и щедрости
Аморальной торговли женщинами не существует
Даже во многих племенах женщина правит семьей
В погоне за деньгами никто не занимается проституцией
Сожжение приданого и невесты не является частью жизни Ассама
Равные права даны каждой женщине и любимой жене
На нечестном пути могут быть большие деньги
Но простой человек из Ассама предпочитал простую жизнь
Очень редки случаи избиения женщин и развода с лучшей половиной.

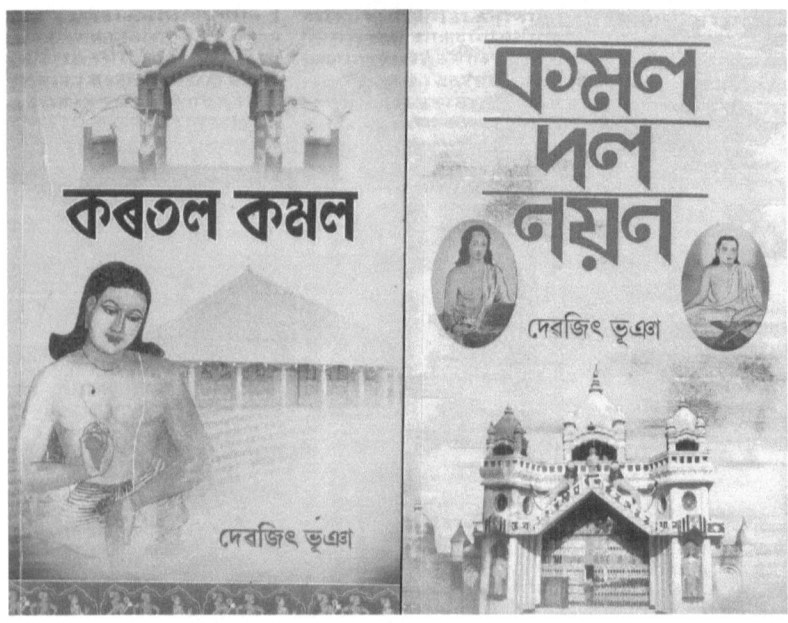

Позаботьтесь о своем разуме

Мы всегда заботимся о своем теле
Но редко заботятся о своем уме
Забота о разуме не менее важна
Зачем пренебрегать этим, не проявляя должной осторожности?
Для здорового образа жизни это несправедливо
Здоровый дух в здоровом теле делает жизнь лучше
Человек может легко победить в сложной жизненной гонке
Ничего хорошего нельзя достичь больным умом
Чтобы позаботиться о разуме, дорогу найти легко
Всегда улыбайся и будь добр ко всем
Следуйте по пути честности и неподкупности
Истина и братство принесут вам спокойствие.

Не теряйте времени даром

Время не является статичным
И время не является динамичным
Прошлое, настоящее и будущее
Все они одинаковы во времени
Нам кажется, что время течет непрерывно
Как поток воды, движущийся к морю
В нашем восприятии время движется подобно стреле
Но как только он покинет носовую часть, больше никогда не возвращайся
И все же мы надеемся, что завтра будет лучше
Время никогда не останавливается в пасмурный день
И не замедляет свой бег солнечным утром
Год за годом все идет своим чередом
Никакой дискриминации или фаворитизма
Для бедных, богатых, слабых или сильных время одинаково
Так что в вашей неудаче время ни при чем
Самое ценное, но бесплатное богатство в жизни - это время
Не тратьте время впустую, используйте его, и жизнь наладится.

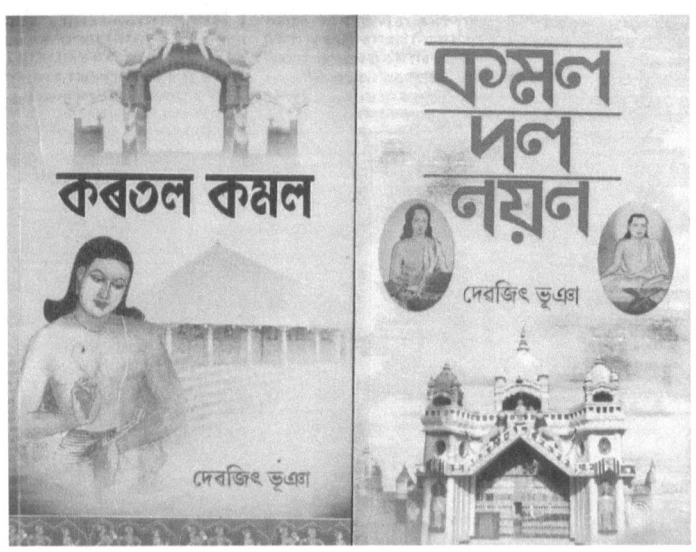

Душевная боль

Позаботьтесь о своих друзьях во время душевной боли
Любовь и утешение, силу духа они обретут
Одиночество делает разум слабым и хрупким
Некоторые решения могут быть неправильными и враждебными
Благодаря дружескому общению разум становится счастливым и жизнерадостным
Люди могут преодолеть большинство временных проблем
Душевная боль может подтолкнуть людей к самоубийству
Слабый ум всегда подстрекает к плохим поступкам
Сопровождайте друзей, когда они умственно слабы
С ободряющими словами друг вернется к нормальной жизни.

Уход за телом

Иди, иди и еще раз иди
Не нужно быстро бегать, чтобы оставаться в форме
Ходьба - лучший набор для фитнеса тела
Утренняя прогулка прогонит сонливость
Тело станет сильным и подтянутым
Кровообращение улучшится
Настроение будет оставаться бодрым в течение всего дня
Ходьба не имеет преград во времени и пространстве
Можно также легко присоединиться к пешеходному забегу
Новые друзья встретятся на пешеходной дорожке
Какая-то дружба будет превосходной и никогда не будет оглядываться назад
Ходьба полезна для тела, ума и души
Обладая здоровым телом и душой, вы сможете достичь своей жизненной цели.

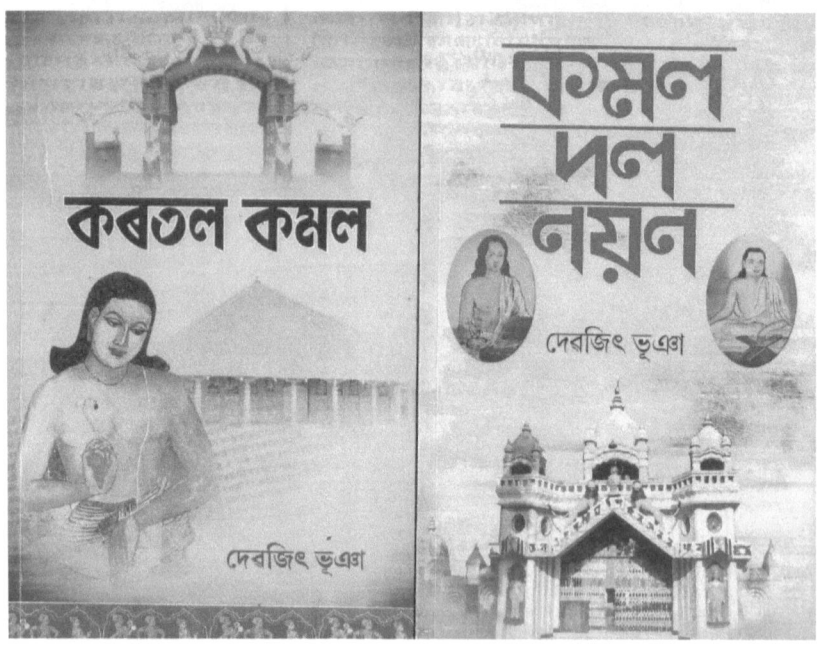

Прогулка ребенка

Она падает и встает
Но она никогда не сдавалась, пока не научилась ходить
Однажды она начинает весело бегать
Начинается долгий жизненный путь
Если вы не встанете после того, как упадете один или два раза
Никогда в жизни вы не сможете участвовать в гонке
Никто не может научиться вставать и двигаться, не падая
Это маленькое знание из детства делает нашу жизнь лучше.

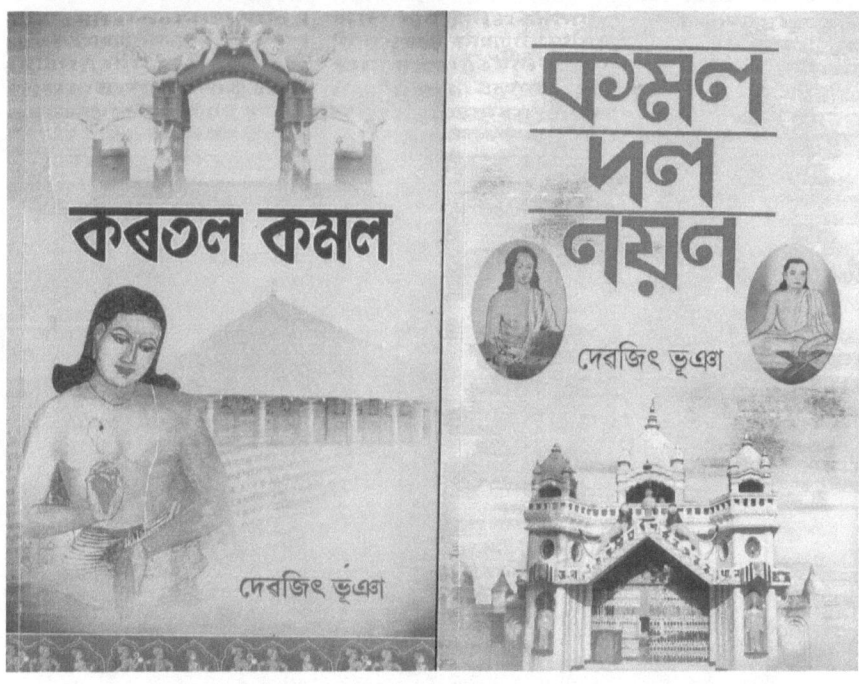

Юмор Мадана

Мадан, рассказывай свои шутки
Эйкон начнет смеяться
Не рассказывай абсурдный юмор
В ваших шутках должна звучать улыбка.
Маленькие дождевые капли должны мягко постукивать по стеклу
Но никогда не распускай слухов, чтобы затеять ссору
Шутки не должны разрушать семейные отношения
Шутки предназначены для улыбок и смеха
Не для того, чтобы плакать и усложнять ситуацию.

Чудо-мопс Коко

Коко, ты наш любимый питомец
Кухня - ваше любимое место
Если еда задерживается, вы начинаете лаять
Когда желудок полон, вы наслаждаетесь бегом
Вы очень не любите плохих людей
Для вас дом - это храм Божий
Со своими любимыми людьми вы никогда не обманываете
Ваше присутствие делает всех счастливыми и жизнерадостными
Гнев и мрачное выражение лиц членов семьи начинают исчезать
Собака - лучший друг человека, этого никто не может отрицать
Ничто не может заполнить вакуум, который создает твое отсутствие.

Ветер

В феврале в Ассаме усиливается ветер
Все дома и улицы наполняются пылью и сухими листьями
Зима закончилась, и погода становится сухой
Когда-то летали маленькие птички, опавшие листья на ветру.
Когда ветер набирает силу, падают даже большие деревья
Из-за сухих листьев поле Ассама выглядит коричневым.

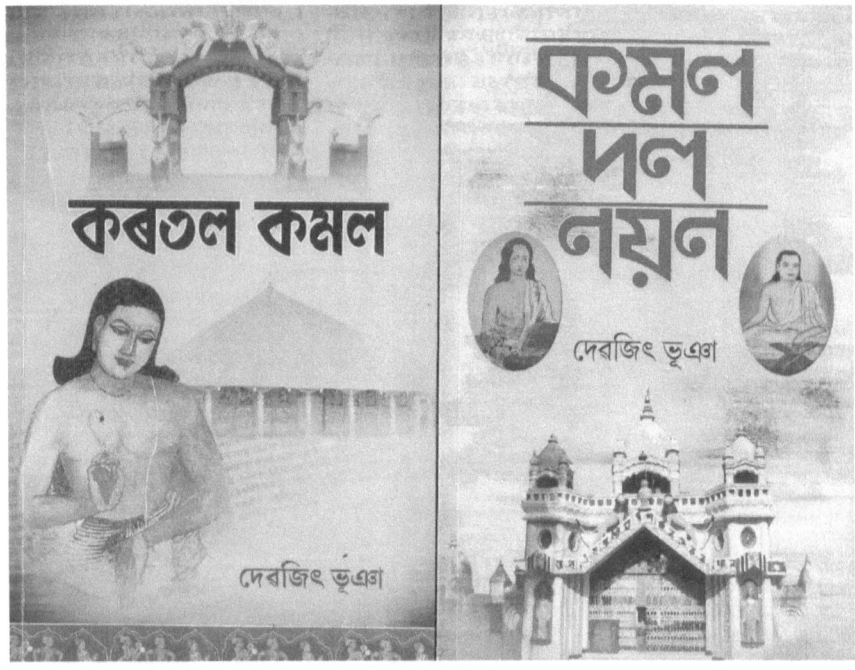

Натуральные травы

Травы могут повысить иммунитет человеческого организма
Они хороши для борьбы с болезнями и здорового образа жизни
Но никогда не верьте, что они могут вылечить все болезни
Травы не являются противоядием от вирусов и бактерий
Только антибиотики способны вылечить пневмонию
Однако употребление в пищу трав может помочь в борьбе с вирусами
Принимайте травы только в качестве добавки для поддержания хорошего здоровья
Бороться с болезнями, ибо иметь хорошее здоровье - это богатство.

Страх перед разумом

Эй, парень, ничего не бойся.
Страх это опасная разрушительная вещь
Страх ума выражается телом
И вы терпите поражение еще до начала гонки
В страхе вы видите призраков и невидимых существ
И ты бежишь с поля боя без боя
Это трусость, неэтично и неправильно
Испытывая страх, человек не может добиться успеха
Как только вы преодолеете страх, перед вами откроется множество возможностей
Весь мир будет с тобой, если ты будешь храбрым
Того, кто победит, помнят даже после того, как он сойдет в могилу.

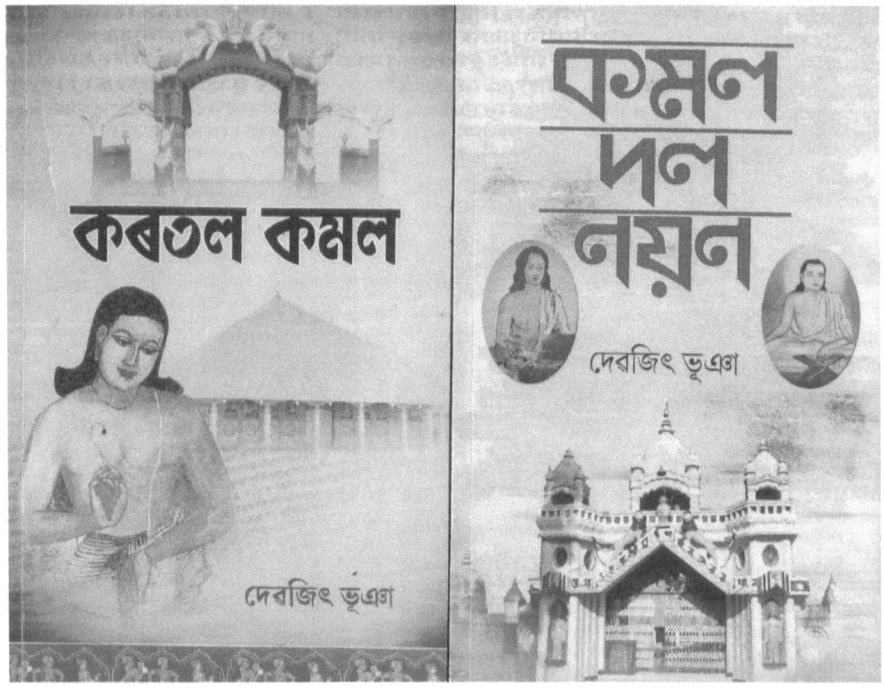

Боязнь деревьев

Деревья в лесу боятся звука пилы
Моторизованные пилы уничтожали лес за лесом очень быстро
Давным-давно человеку требовалось много труда, чтобы срубить дерево
Но теперь, благодаря механизированным пилам, кузов стал беспроблемным
Это приводит к катастрофическим последствиям, и тропические леса уничтожаются
Глобальное потепление привело к изменению климата
Ледники тают, а наводнения сеют хаос
Когда-то ручная пила была другом человека и цивилизации
Моторизованная пила разрушает биологическое разнообразие и экологию.

Политика смены партии (в Индии)

Время выборов - лучшее время для смены политической принадлежности
Но смена партии - это не решение проблем людей
В погоне за властью лидеры и последователи меняют партии
Деньги, алкоголь, богатство и женщины - вот главные мотиваторы
Почему лидеры обманывают электорат, за которым никто не любит следить
 Для политиков служение людям всегда имеет второстепенное значение
Главное - как можно больше наполнить свои денежные ящики
Власть, авторитетность и деньги важнее для лидеров
Это легко сделать, потому что большинство избирателей невежественны
Время выборов - лучшее для прогноза погоды и ее изменения в лучшую сторону.

Новые цвета

Распускаются разноцветные цветы
В Ассам пришла весна
Сезон Биху, танцевального фестиваля
Полуночную тишину нарушают звуки барабанов (дхул-пепа)
Под деревом пипал радостно встречаются влюбленные птички
Никакой ненависти, никаких ссор, никакого разделения по цвету кожи, касте, вероисповеданию или религии
Все пребывают в праздничном настроении без какого-либо социального разделения
Надев новую одежду, дети и подростки играют и прыгают
Бабушки и дедушки также активно участвуют в танцах
Даже в Казиранге детеныш носорога бегает туда-сюда, слыша бой барабанов.

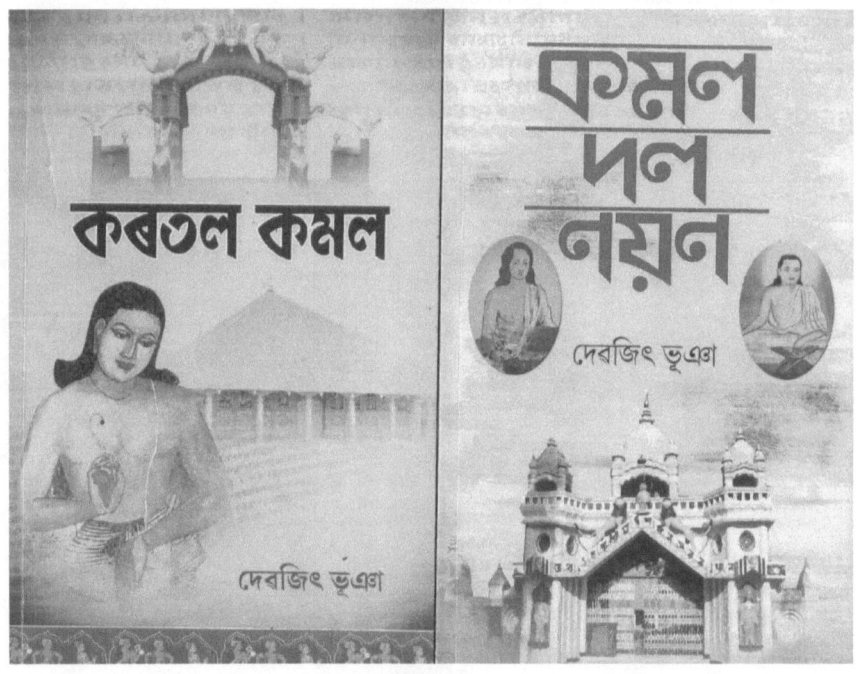

Встреча в следующей жизни

Никто не знает, существует ли жизнь после смерти в другом мире
Существование бессмертной души может быть мифом, а не реальностью
Так зачем же ждать следующей жизни, чтобы полюбить кого-то, сказать, что я люблю тебя
Любите и наслаждайтесь красотой любви в самой этой жизни
Ничего не откладывай на следующую воображаемую жизнь
Ваша радость и любовь удвоятся, если на другой стороне будет жизнь
Конечно, с параллельным миром определение жизни будет широким
И все же наслаждайтесь радугой любви и красоты жизни сегодня
Завтра, в следующем году, в следующей жизни может наступить, а может и не наступить, кто знает?

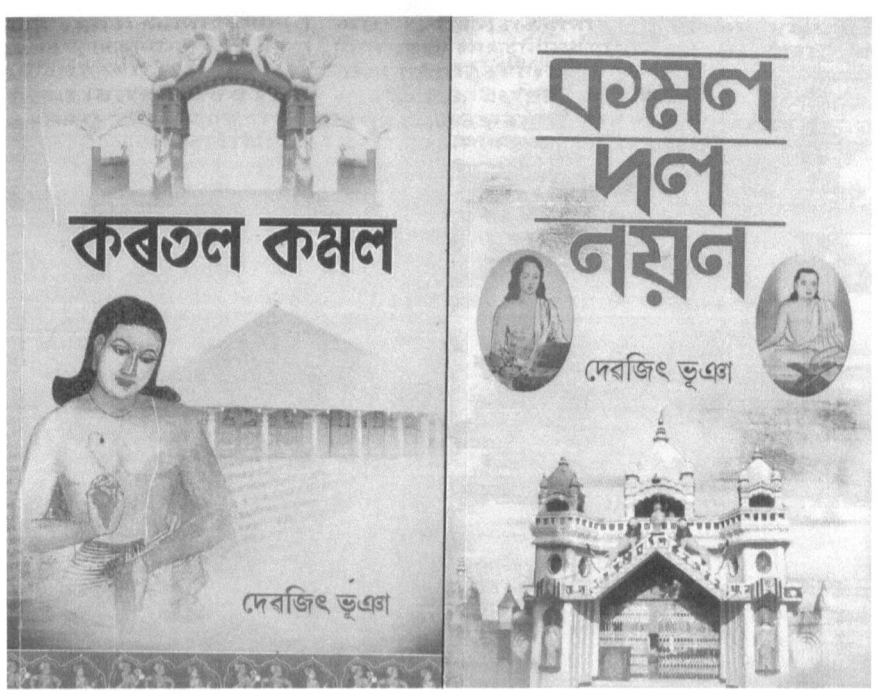

Запугивающий

Никогда не запугивайте своего друга или кого-либо еще
Это приведет к вражде и ссорам
Любовь и взаимоотношения исчезнут навсегда
Люди будут избегать вас из-за вашего буйного характера
Прогресс и душевный покой исчезнут вместе с травлей
Вместо травли лучше проявить терпимость и поплакать
Бог пошлет кого-нибудь, кто вытрет твои слезы.

Священник

В наши дни даже священники не отличаются честностью и нравственностью
Они никогда не следуют путем истины и честности
Священники обманывают людей во имя религии
Реформа религии и приход хороших людей - вот решение проблемы
Священники разделяют людей и подстрекают воевать друг с другом
Вы, люди, доверяете им как спасителю и крестному отцу
Посредники разрушают настоящие религиозные учения
Потому что это помогает им увеличить свои доходы
Священники маскируют религию и делают ее грязной
С вином, богатством и женщинами они празднуют вечеринку
Учения Иисуса по-прежнему актуальны и просты
В религиях посредники только создают проблемы.

Пусть взойдет солнце.

Каждый раз, когда люди тысячами идут вперед
Звуки марша звучат как рифма
Лидеры сформировали новую политическую партию в собственных интересах
Власть захватывается путем голосования с помощью ложных обещаний
Но проблемы масс остались прежними
Массовая агитация и мобилизация - это всегда политическая игра
Лидеры хорошо знают, что они станут правителями, если приобретут известность
Лидеры приходят и уходят, а люди стоят за ними
Власть циклически переходит от одной группы к другой
И все же бедные люди оставались бедными, постоянно испытывая трудности.

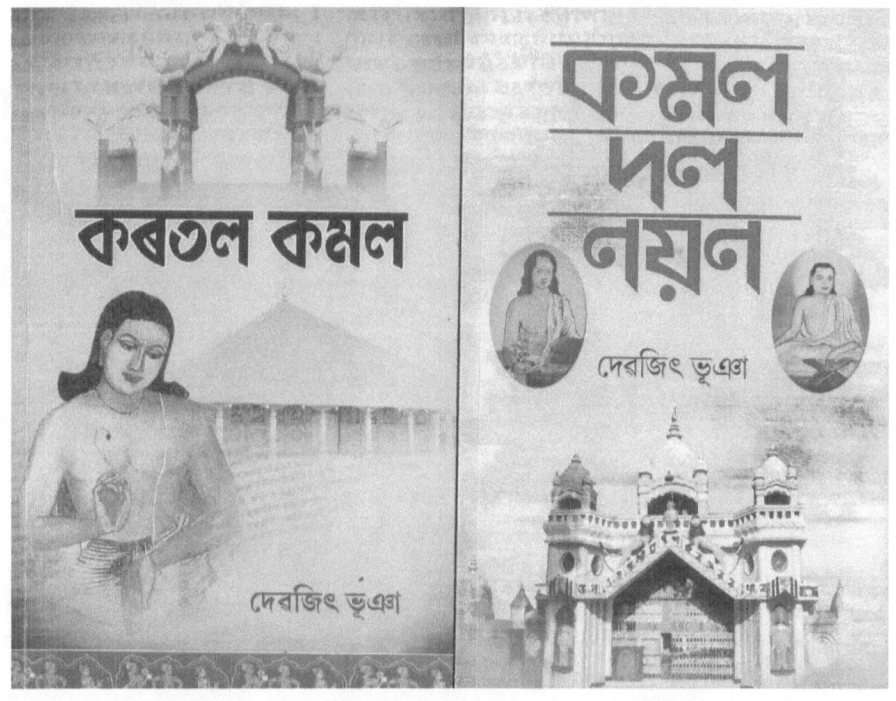

Бхарата, поторопись

Поторопись, поторопись
Не поскользнись на дороге
Не падай под дерево
Там летает много пчел
Большие деревья - это гнезда для деревьев
В городах вы их не найдете
Люди срубили все деревья, чтобы построить дома
Города - это бетонные джунгли, загрязненные окружающей средой и автомобилями
От загрязнения пчелы всегда держатся подальше
У цивилизации нет альтернативы городам
Так что, чтобы там обосноваться, все спешат.

Люблю всех

Люби всех, люби всех, люби всех
Не испытывай ненависти ни к кому из-за жадности к деньгам
В этом мире любовь - это настоящий мед
Когда вы получаете любовь, жизнь становится успешной
Мир будет подобен небесам
Деньги и богатство со временем могут прийти в упадок
Но до самой смерти будет течь безусловная любовь.
Как капля воды на листе, ты будешь светиться
В момент отъезда деньги плакать не будут
Тот, кто любил тебя, со слезами попрощается.

Том, начинай работать

Том, начинай работать и не лезь не в свое дело
Никто не будет вечно кормить вас бесплатно
Возьмите в руки пилу и молоток
В этом мире нет недостатка в возможностях
Люди из других штатов зарабатывают в Ассаме много денег
Но вы говорите, что в моей стране нет таких возможностей
Держите в руках компьютер, ручку и книги или просто сажайте деревья
Однажды эти деревья принесут вам плоды, и жизнь станет свободной от напряжения.

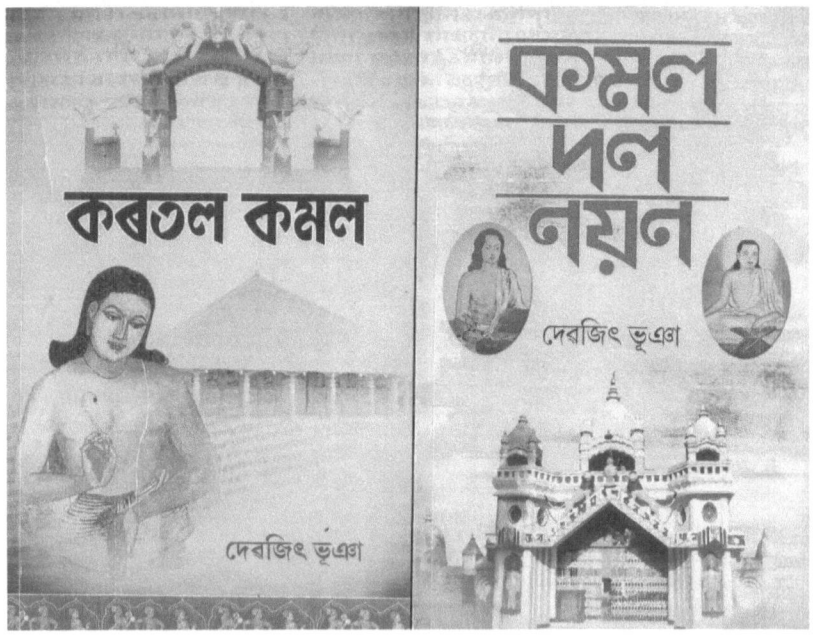

В момент смерти

Во время вашего окончательного отъезда
Деньги не будут вашим спутником
Ваш прекрасный дом не будет сопровождать вас
Любимые товары, которые вы собрали, останутся разбросанными
Ничего из этой жизни не будет по ту сторону после смерти
Мертвое тело из плоти и костей будет лежать под могилой
Если вы никогда никому не помогали в трудные дни, пока были живы
После твоей кончины никто не возложит цветы на твою могилу
Пока вы живы, будьте доброжелательны, щедры и помогайте другим
Любите людей во время их боли и несчастий
Даже после смерти ваши воспоминания будут развиваться.

Домашний воробей

Любите маленькую птичку, живущую рядом с вашим домом
Спутник человека с давних пор
Часть истории прогресса homo sapiens
Ни разу не бросил человека за десять тысяч лет долгого путешествия
Однако сейчас они находятся в опасности в городах и деревнях
Бетонные джунгли разрушили их среду обитания
Любите этих маленьких птичек и спасите их от вымирания
В противном случае человечество потеряет одного из своих летающих спутников.

Блеск денег

Миллионы людей голодают
Но растрата продуктов питания продолжается
Богатые люди тратят больше денег впустую.
Из-за своей роскоши и хобби они выделяют больше углекислого газа
Какой вклад внесут голодающие бедняки в решение проблемы нулевого выброса углерода?
В одном большом, развитом городе выбрасывается больше углерода, чем в бедной стране
Справедливая надбавка за выбросы углекислого газа - это единственное решение
Скоро изменение климата и глобальное потепление убьют
Даже самые богатые из богатых станут жертвами и падут.

Будьте готовы к работе

Даже если вы искренне молитесь Богу
Ни Бог, ни кто-либо другой не придет выполнять вашу работу
Откажитесь от своего непонимания того, что одной молитвы достаточно.
Будьте готовы выполнять свою работу самостоятельно, становясь эффективными
При необходимости постройте свою собственную дорогу и мост, не ждите кого-то другого.
Переплывите реку и океан и не ждите, пока Бог пошлет лодку.
Как только вы начнете что-то делать, люди присоединятся к вам, и за вами последуют руки помощи
Команда будет развиваться, и вы станете лидером
Но без работы никто не даст вам ни шапки, ни перышка.

Успешная жизнь

Жизнь не будет успешной только благодаря власти денег
Жизнь не будет успешной только благодаря молитве
Даже упорный труд сам по себе не может привести к успеху
Жизнь не будет успешной только благодаря отношениям
И жизнь не будет успешной благодаря вашим трудам
Жизнь не будет успешной, если у вас будет больше потомков
Жизнь будет успешной благодаря настойчивости на пути любви
И щедрая работа на благо человечества.

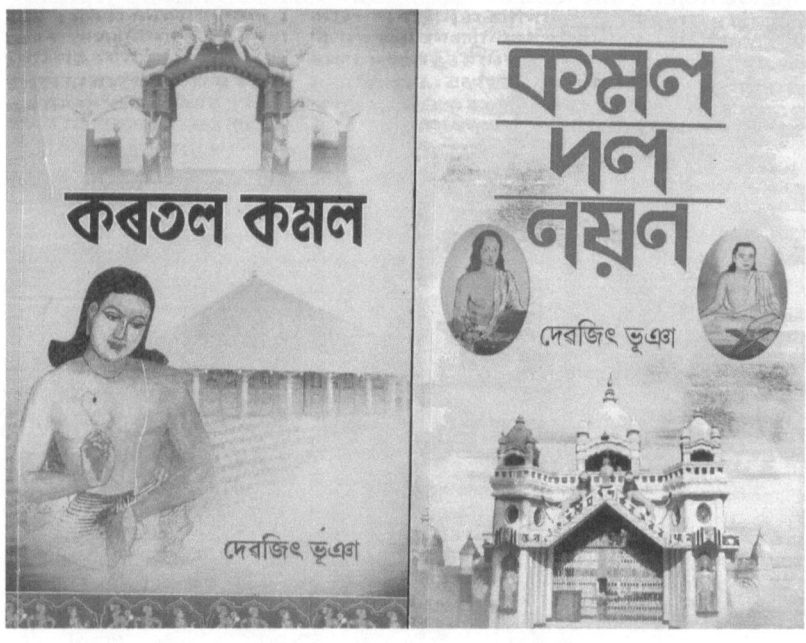

Золотой Ассам

Ассам подобен сверкающему яркому золоту
Красота природы раскрывается каждый день
И все же Ассам отсталый и слаборазвитый народ
Летом Ассам погружается под воду
На протяжении сотен лет люди обсуждали это
Но проблема наводнения еще не решена
Коррумпированные люди выкачивали государственные деньги
Все еще оставалось утомительным обычное мужское путешествие
Молодое поколение должно быть единым и двигаться вперед.
Накажите коррумпированных политиков и наградите Ассам.

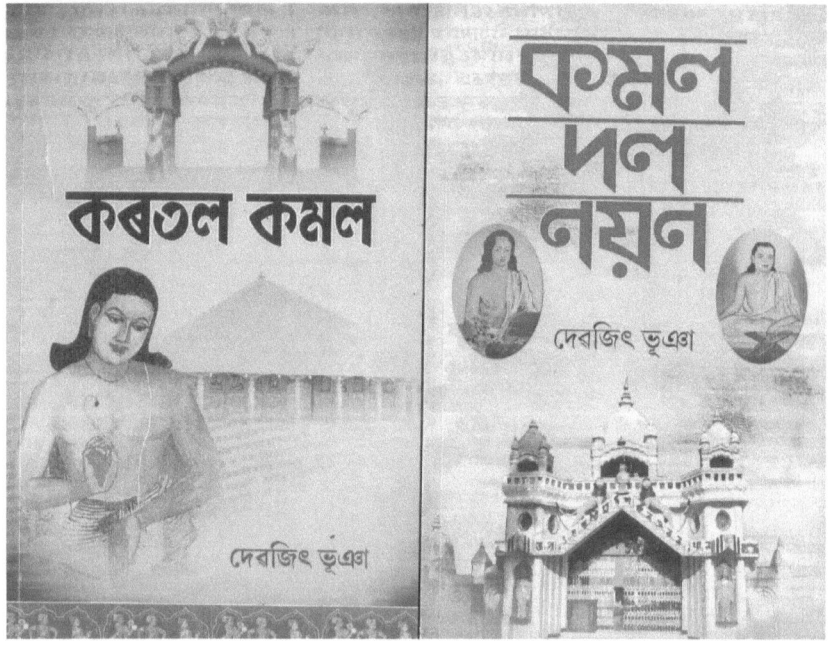

Свеча

Свеча дает яркий свет на могилу
Это дает воспоминания о мертвых во время горения
Люди вспоминали о заболевших раз в год
Молитесь Всевышнему при свете свечи
Могила - это не просто место для захоронения мертвых тел
Это конечный пункт назначения каждого друга, врага или недругов
Свет свечей должен просвещать каждого, пока он жив
Зажигая свечу, всегда помните о конечном пункте назначения.

Королевство Авадх

Некогда это было славное королевство в Индии
Владыка всех царей Рама установил верховенство закона
Ни преступлений, ни страха, ни подавления несогласных
Даже Сита и Лакшмана были изгнаны
Жизнь в Аваде была чистой и незамысловатой
Но процветающее королевство не выдержало перемен
Теперь остались только история и обветшалые памятники
С появлением нового храма Рамы его утраченная слава вновь возродилась.

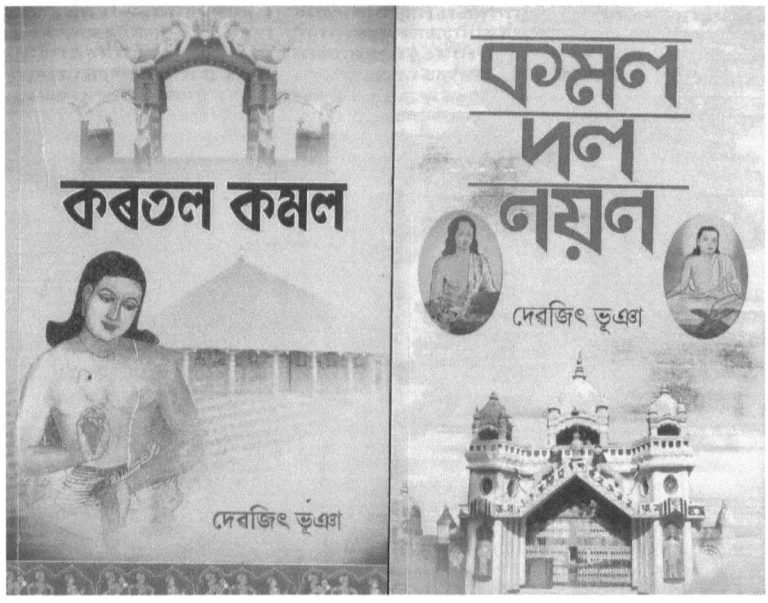

Бархат

Прикосновение бархата такое нежное и мягчайшее
Как будто мягкое сочетание хлопка с природой
Выглядите великолепно и сногсшибательно с разными цветами
Бархатная одежда когда-то считалась королевой гардероба
Слава бархата, хотя и поблекшая, все еще существует
Даже сейчас люди не могут устоять перед притягательностью бархата.

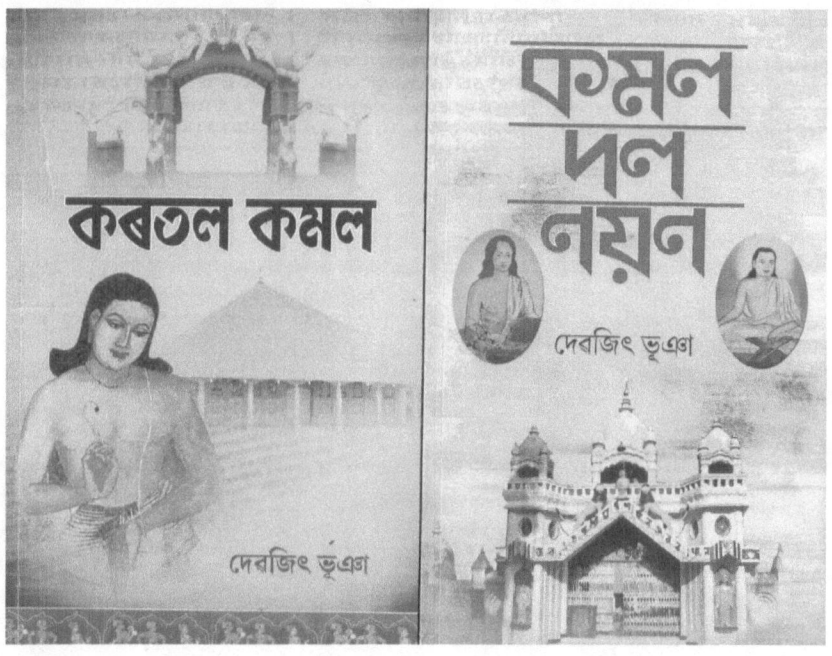

луна

Луна часто появляется и исчезает на своем орбитальном пути
Когда луна исчезает на рассвете, птицы начинают петь.
Люди соблюдают религиозный пост, наблюдая за вращением Луны
Давным-давно человек, считавшийся когда-то Богом, высадился на ее поверхность
Сейчас люди участвуют в гонке за колонизацию Луны с помощью технологий
Луна оказывала влияние на планету Земля с момента своего рождения в качестве спутника
Прилив и отлив - это результат притяжения Луны
Скоро на Луне появится человеческая колония, и начнется конфликт наций
Миф о том, что жизнь существовала на Луне, разворачивается по-другому
Но разрушение естественным путем, каким Луна существует сейчас, может быть опасным
Без Луны климат нашей планеты Земля не будет пригоден для жизни.

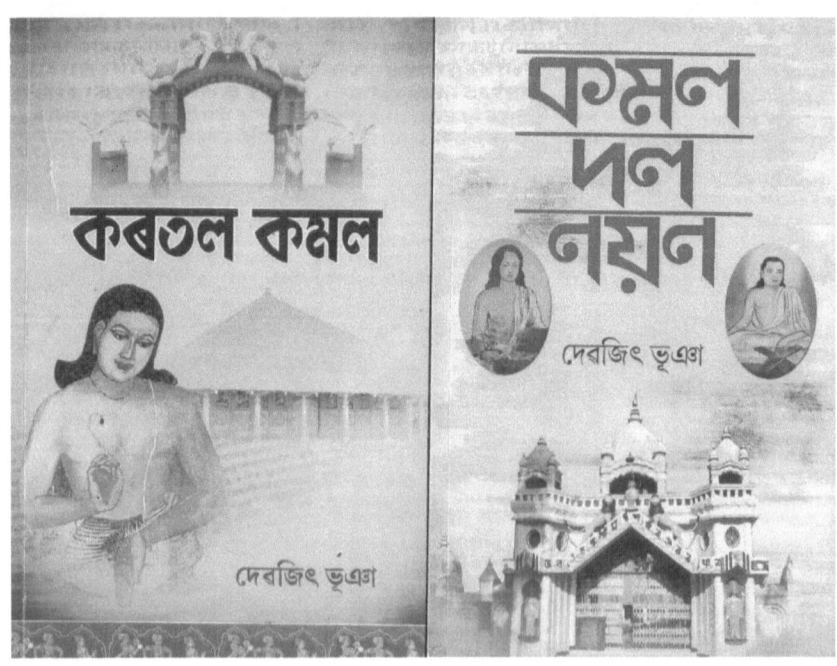

Заяц

Будьте добры к невинному зайцу
Они недостаточно сильны
Все животные хотят их убить
Но с белым мехом они - настоящая красавица джунглей
Бродите туда-сюда с весельем и радостью
Никогда никому не причиняй вреда ни по какой причине
Но их вкусное мясо приближает врага
Люди также убивают их ради забавы и меха
Иногда они вынуждены жить в тюрьме
Им не нравятся доводы, навязанные человеком
Человек разрушил их естественную среду обитания
Теперь их спасение будет небольшим комплиментом.

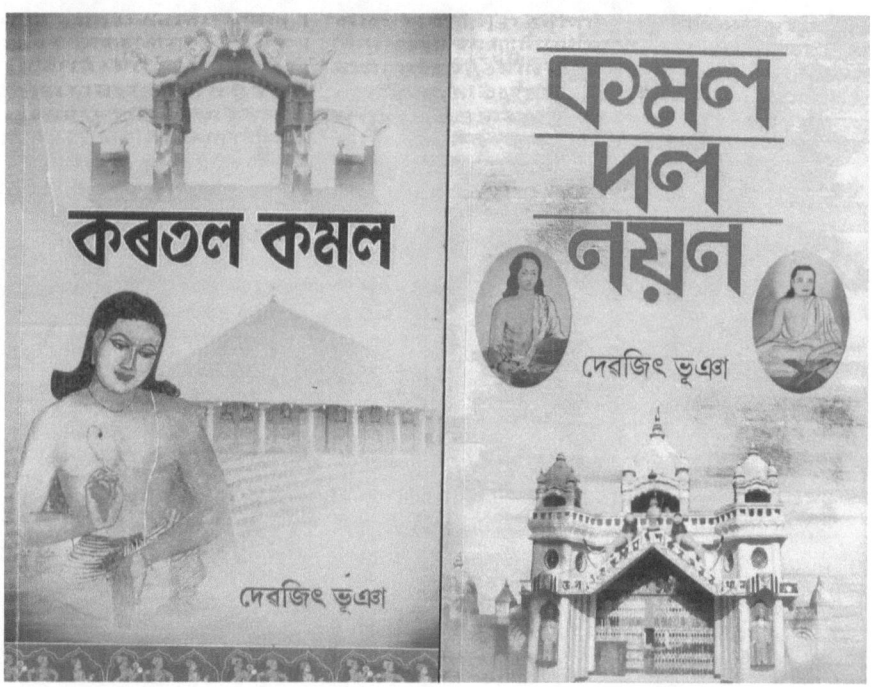

Ссора

О дитя мое, не ссорься, это испортит тебе игру.
Вспыхнет гнев, и вы перестанете играть в течение нескольких недель
Гнев очень вреден для веселой игры
Заприте свой гнев и ссору в бутылке
На земле Санкардевы ссорам нет места
Любите друг друга и радостно играйте с друзьями
Когда вы состаритесь, эти дни помогут прекратить ссоры
Общество будет рациональным и свободным от насилия.

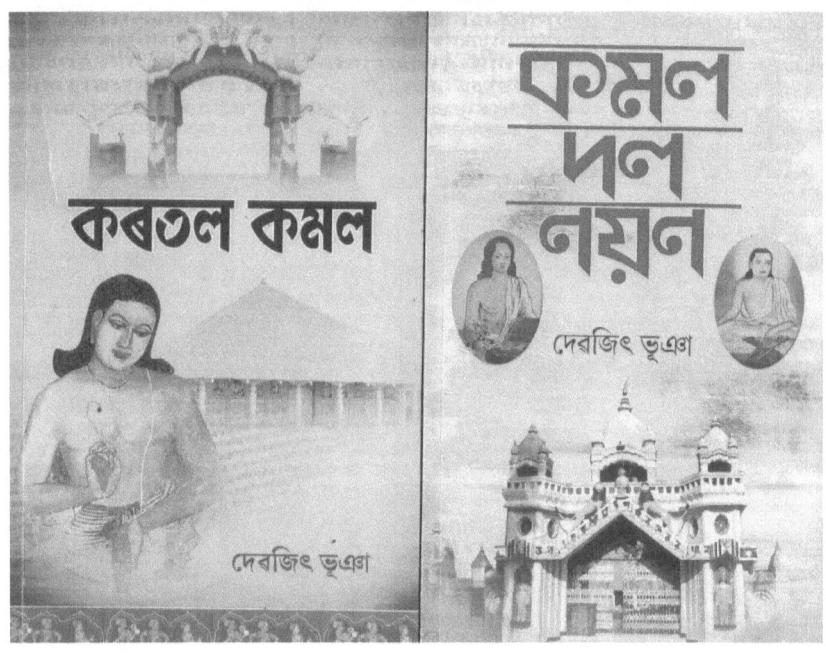

Носорог, сражающийся за выживание

Носорог, не бойся браконьера
Осознай, насколько ты силен в обращении с рогом
Сражайтесь с человеком за выживание
Возьмите с собой оленя, слона в качестве компаньона
Также подружись с королем Коброй
Все вместе станем спасителями Казиранги
Казиранга - ваша земля с незапамятных времен
Орел и дикий буйвол также будут в вашей команде
Не уподобляйся питону, который все время спит один.
Вы - лидер животных в Казинге, сражайтесь в ответ
Однажды здравый смысл возобладает над человеческим
Вы выиграете гонку на выживание со всеми животными.

Речная волна

Иногда журчание реки превращается в волну
Вода быстро стекает на равнины в виде паводка
Зигзагообразное течение превращается в русло реки
Дороги, дома, урожай - все уходит под воду
Слои грязи и песка разрушают дома
И все же зеленая трава снова растет после потопа
Как будто луга приглашали наводнение для омоложения.

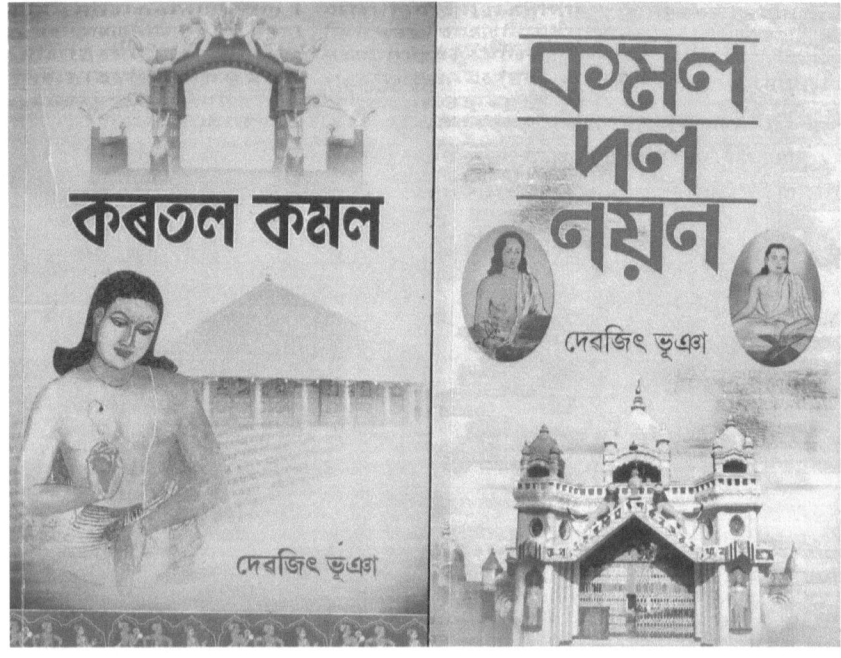

Комар

Родился в закрытом водоеме
Похоже на маленькую медоносную пчелку
Всегда жадный до человеческой крови
Хотя жизнь длится всего несколько дней и коротка
Летом размножается как дикорастущая трава
Приносит лихорадку и другие болезни человеку
Город Гувахати в штате Ассам - Мекка для комаров.

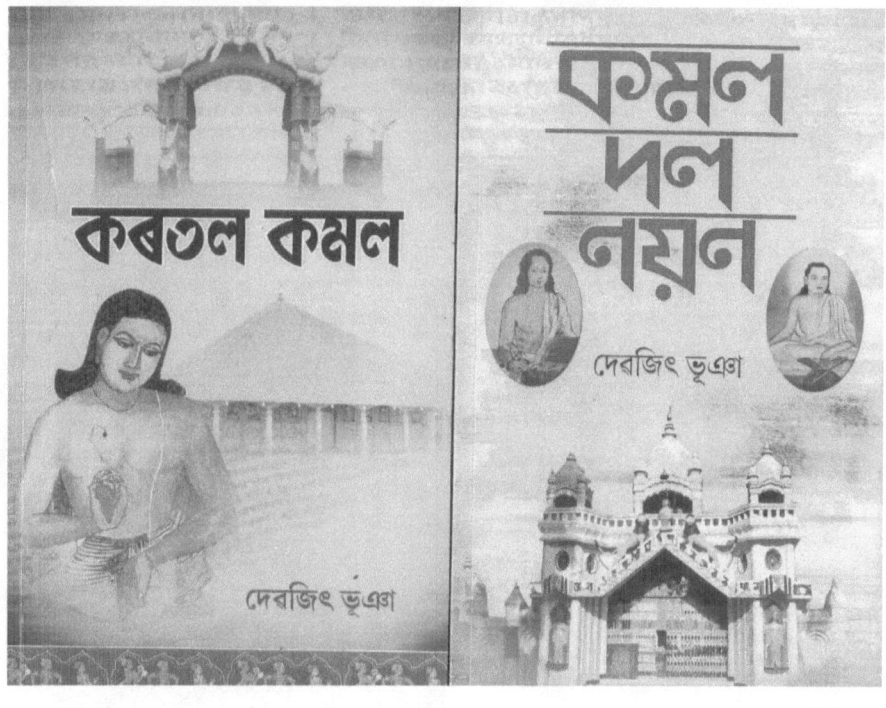

Астролог

Астрологи не являются представителями Бога
В большинстве случаев их прогнозы сбываются
Так называемые расчеты астрологов - это мошенничество
Они обманывают людей и зарабатывают деньги для собственной выгоды
И все же простые люди верят, что слепая вера - это нечто древнее
Имея больше денег, они говорят приятные слова и дают лучшие прогнозы
Но без денег они наложат слишком много ограничений.

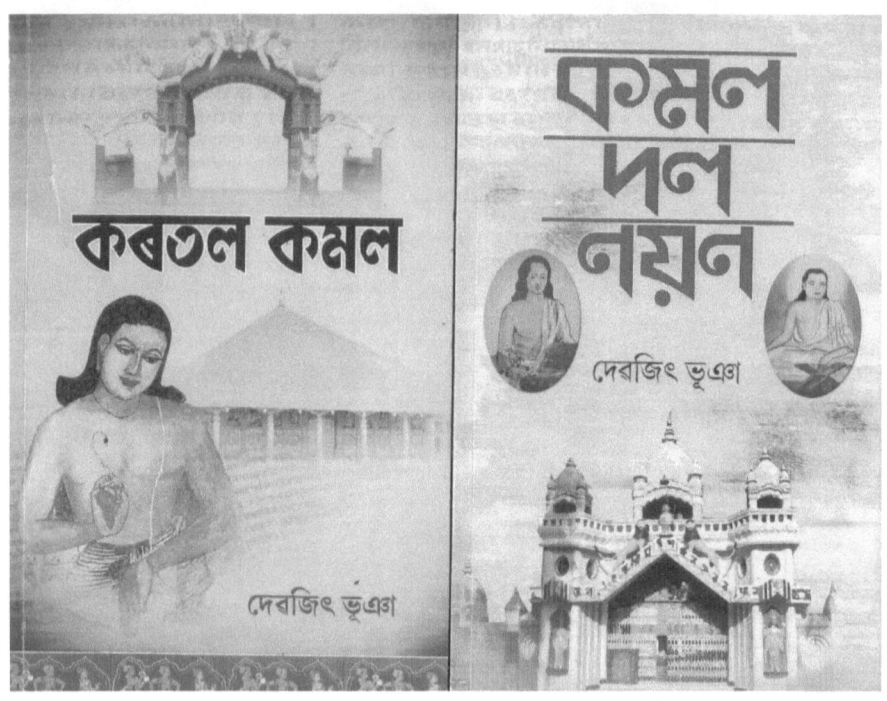

Шестидесятилетний возраст

В шестьдесят лет ты уже не можешь бегать так, как в двадцать
Тело становится слабым, ломким, а кости - хрупкими
Трещины или повреждения костей никогда не заживают быстро
Хотя ваш разум может быть так же молод, как у юноши или подростка
Но после некоторой работы ваше тело будет стремиться к отдыху
Признайте, что вы уже не можете бегать так быстро, как в студенческие годы
Даже за дополнительную премию страховые компании платят неохотно
Заботьтесь о своем здоровье и сердце в возрасте шестидесяти с лишним лет
Без физических упражнений и слишком быстрой ходьбы вы заржавеете.

Неразлагающаяся мать

Люди будут приходить и уходить
Разум будет меняться каждое мгновение
Иногда люди будут хвалить
Иногда люди отказываются
Иногда люди будут безразличны
Но как холмы и горы
Мама всегда будет с тобой
Ее любовь к детям не вызывает сомнений
Вот почему эволюция продолжается
А наша человеческая цивилизация все развивается и развивается.

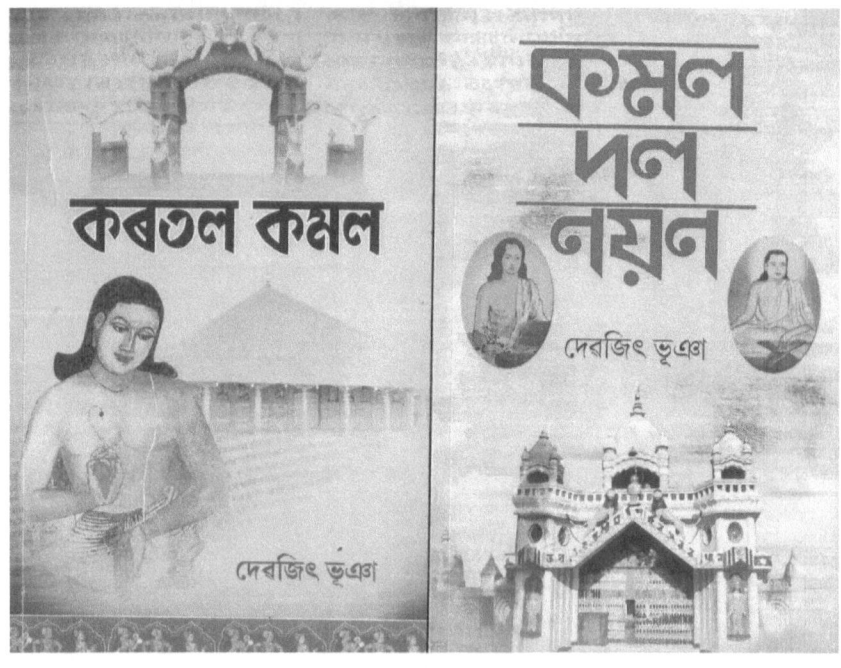

Любимый Ассам

Ассам - наше любимое место
Мы всегда помним об этом, даже находясь за границей
Каждый день мы думаем о возвращении
Фрукты здесь разнообразные и сочные
Умеренный климат слишком хорош, чтобы его чувствовать
Сорта риса-сырца с уникальным биологическим разнообразием
Однорогий носорог и другое животное увеличивают благосостояние
Люди просты и не жадны до богатства
Родина Ассам - наша настоящая сила.

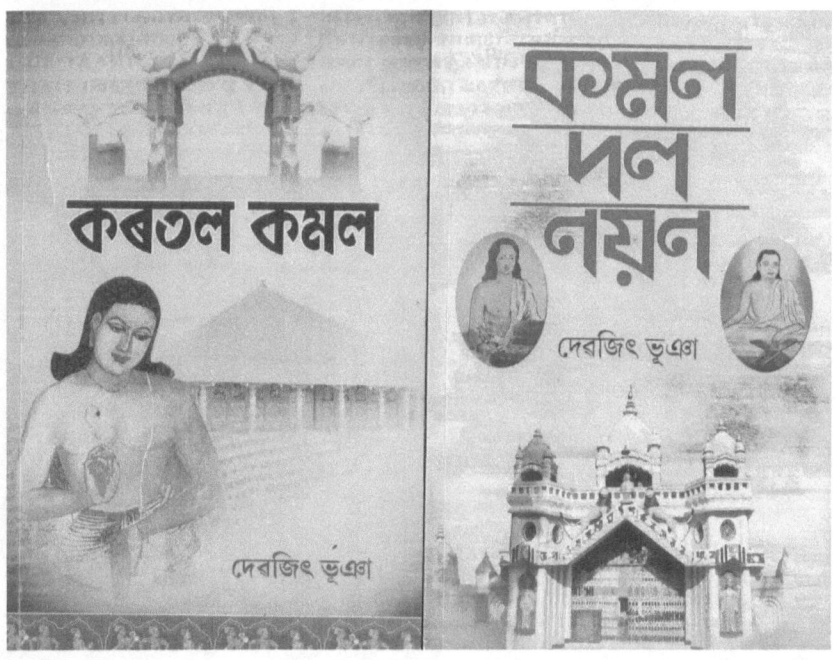

Бальзам любви

Бальзам может излечить зуд от крылатого червя
Мы принимаем бальзам, чтобы избавиться от различных страданий
Но при душевной боли любовь - единственный бальзам.
Исцелите чью-то душевную боль любовью и заботой
Это доставит удовольствие вашему собственному разуму
Суеверия не могут излечить физические и психические заболевания
Рога носорога или зубы тигра не обладают магической целебной силой
 Они - невинные создания, наделенные красотой
Убивать носорогов для лечения - чистое безумие
Любите каждое творение Божье с добротой.

Информация о доме и семье

Сознание большого количества людей остается печальным и подавленным
Сейчас ситуация в тылу не очень хорошая и простая
Отношения слишком сложны, чтобы создавать домашний уют
Когда наш собственный дом не находится в хорошем состоянии и гармонии
Как мы можем думать о гармонии в городе и стране?
Каждый должен стремиться к созданию благоприятной домашней обстановки
Отбросьте эгоизм и комплекс ложного превосходства в домашних условиях
Изменить дом, любовь, страсть и отпустить ситуацию - вот путь
Как только внутренний фронт встанет на правильный путь, нация тоже пошатнется.

Деньги приходят тяжелым трудом

Деньги никогда не растут в поле или на деревьях
Но самосовершенствование может приносить деньги
Деньги, взятые в долг, должны быть возвращены
Это не ваши собственные кровно заработанные деньги
Деньги, заработанные тяжелым трудом, - это всего лишь мед
Не тратьте время на размышления о том, как придут деньги
Если вы идете по правильному пути, вы везде найдете деньги
Но даже для того, чтобы собрать деньги, вам придется много работать
Путь к деньгам всегда полон препятствий и терний
Так что не теряйте времени даром, время - это деньги, а чтобы иметь деньги, нужно время.

Бык

Бык начал пахать на человека, и цивилизация изменилась
Но бык занимает лишь минимальную долю в выращивании
И все же никаких жалоб или негодования из-за того, что у вас меньше интеллекта, чем у человека
Люди даже забивали быков во время фестиваля, чтобы иметь мясо
Быки - дети маленького и бессильного Бога
Что плохого в том, что мы относимся к ним этично?
Их вклад в прогресс человеческой цивилизации огромен.

Гнев

Гнев - наш злейший враг
В гневе люди убивают близких
Семья, страна разрушены
Сгоряча случаются крупные инциденты
И страдания продолжаются всю жизнь
Контролируйте свой гнев каждый день, каждое мгновение
Польза от этого будет огромной и неоценимой
Ты начнешь любить всех, и все будут любить тебя
Тысячи цветов расцветут радугой.

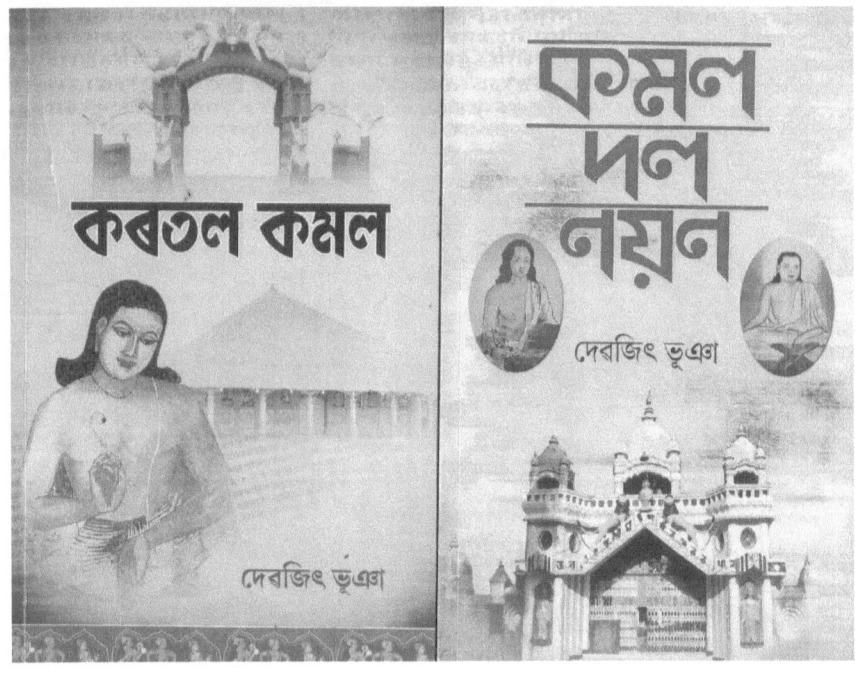

Обдув горячим воздухом обдув холодным

Время от времени дуйте горячим, если того требует время, дуйте холодным
Чтобы добиться успеха в жизни, это важное правило
Если вы станете слишком горячими, ваша цель не будет достигнута
Если вы станете слишком холодны, люди воспользуются этим
В разговоре будьте вежливы, но, при необходимости, говорите жестко
В любой ситуации не нужно становиться неуправляемым или грубым
Когда вы совершаете ошибку или промах, никогда не сердитесь
В противном случае люди загонят вас в угол, как голодного тигра
Реагировать в соответствии с ситуацией и обстоятельствами полезно для жизни
Помните, что ругать нужно все время, правильно только с женой.

Самонадеянность

Никогда не становись бесцеремонным в своем эго
Люди скоро узнают о вашем высокомерии
Любовь людей к тебе тает, как лед.
Лучше быть рациональным и вести себя вежливо
Высокомерное отношение будет толкать вас вниз
Люди свергнут вашу с таким трудом приобретенную корону
Гордое отношение выроет могилу для вашей доброй воли
Ваш претенциозный язык тела столкнет вас с вершины холма.

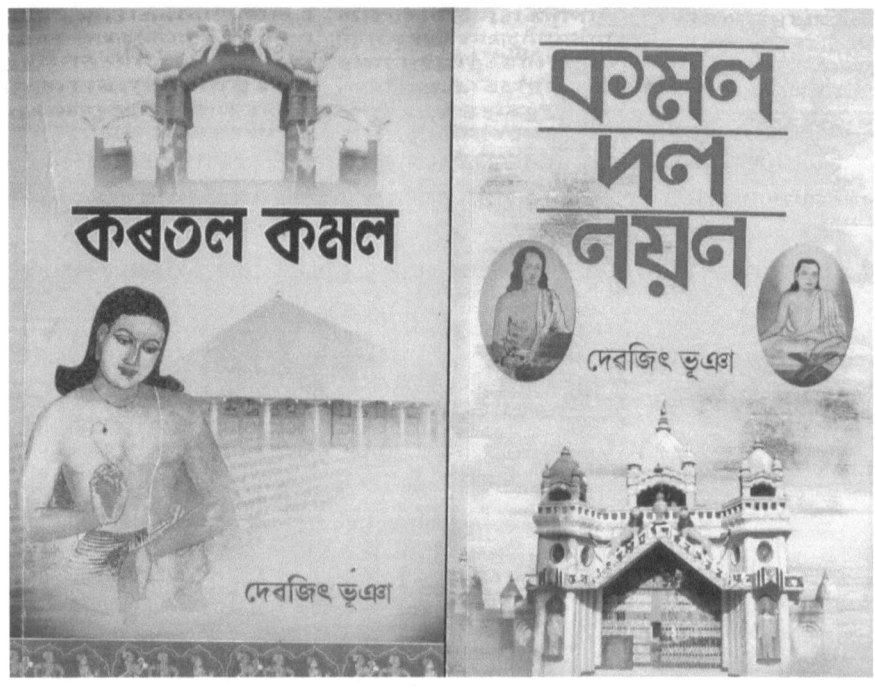

Новогодняя любовь и привязанность

Примите любовь и наилучшие пожелания в новом году
Возьмите с собой семь цветов радуги
Цвета деревьев изменились
На фестивале Биху люди покупают новую одежду
Каждый наслаждается фестивалем в разных красках
Даже волы и коровы запряжены в новые веревки
Некоторые люди отказываются от Бога ради лучшего будущего
Откажитесь от ненависти, ревности и эгоизма в новом году
Под деревьями пипал, под звуки барабана (дхул)
Юные танцоры счастливы и жизнерадостны
Во время фестиваля Биху в Ассаме царит приподнятое настроение
Носороги и птицы в джунглях тоже счастливы и танцуют
Атмосфера в Ассаме праздничная, веселая и радостная.

Погода в Ассаме в марте-апреле

Погода становится приятной и прекрасной
Белое облако летит по голубому небу
На дорогах транспортные средства движутся быстро
Из-за большой загруженности Паван не смог побывать дома
Мысли Икона мрачны из-за отсутствия Павана
Она смотрит на цветущее жасминовое дерево
Ее разум наполняется радостью, когда она слышит звук барабана (дхул).
Она бежит со своими друзьями на поле Биху
Под деревом пипель все танцевали вместе
Биху - это основа ассамской культуры
Март-апрель - время прекрасной погоды.

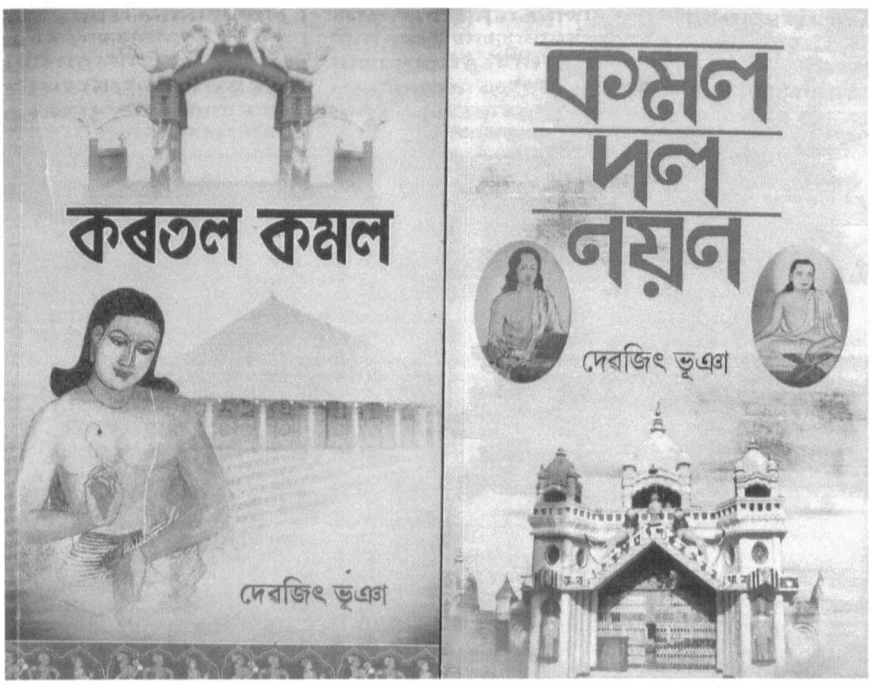

Любовь к апрелю

Возьми, любимая, апрель, время праздничного настроения.
Я не могу подарить тебе дорогое платье или украшения
Мой карман не набит деньгами
И все же мое сердце наполнено любовью и привязанностью
Дорога жадности к деньгам полна шипов
Но дорога любви наполнена бесконечным благоуханием
Апрель - это месяц, когда богатые люди покупают дорогие подарки
Для меня это месяц распространения братства и любви
Возможно, я не смогу подарить тебе дорогую бутылку вина
Но мое сердце свободно для того, чтобы навестить тебя и обнять
Для меня нет более важного и дорогого подарка, чем твое счастливое лицо
Как только ты обнимешь меня и радостно улыбнешься, весь мир станет моим.

Странный мир

Это странный мир.
Богатые слишком богаты, бедные живут впроголодь.
Дальше на восток ничего нет, а дома можно поспать
Никого не волнуют страдания бедных
Рядом с салоном красоты останавливаются роскошные автомобили
Тысячи долларов потрачены на уход за волосами и их окраску
Но ни единого пенни не пожалел для нищего, сидящего на дороге
Это действительно странный мир высшего животного человека
Каждое мгновение люди заняты совершением абсурдных поступков
В этом мире очень трудно заработать на жизнь честным путем
Но миллионы долларов приходят благодаря мошенничеству и обману людей
Однако для того, чтобы мир стал лучше, целостность и честность - это простое правило.

Материнская любовь

Мать, мать, любимая мать
Мать, мать, любящая мать
Небеса тоже не равны матери
Любовь течет, как река.
Нет любви чище материнской
Она оправдывает каждую ошибку своих детей
Проявляйте заботу, даже если она больна и устала
Во время бедствия все берут ее под руку
Ее прикосновения и поцелуи - лучшее средство от боли.
Никогда не пренебрегайте матерью и не причиняйте ей душевной боли
Она - связующее звено между человечеством и братством
Прошлое, настоящее и будущее протекают через материнскую утробу
Без матери время и цивилизация остановятся с оглушительным грохотом.

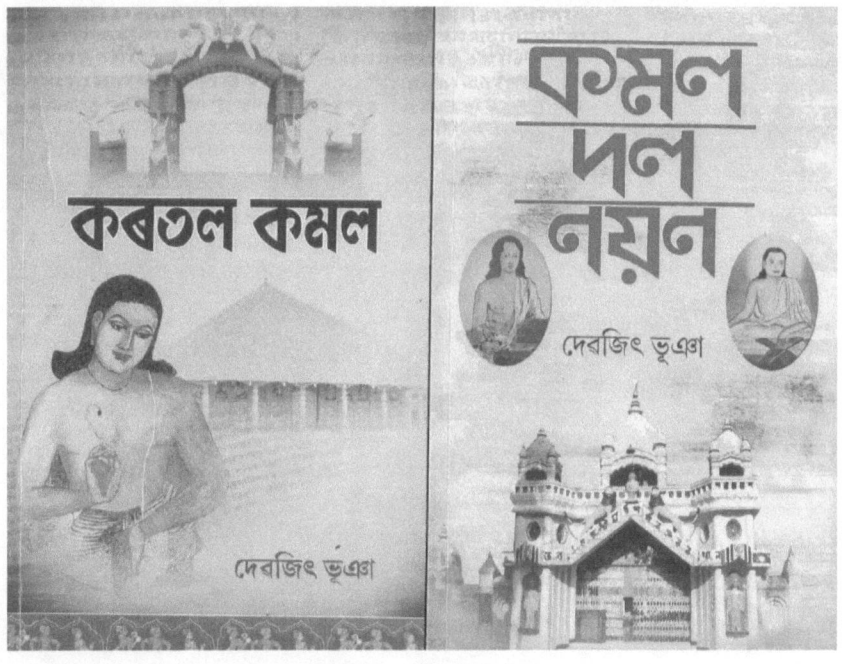

Облако

Научите А-яблоку, Б-мячу, В-климату
Климат меняется очень быстро
Сильный дождь в марте месяце
Несвоевременный дождь испортил праздник
Даже в пустынях проливные дожди сеяли хаос
Но к изменению климата люди нечувствительны
Взрыв облака происходит часто
В горах и планах это приносит несчастье
Пустыни, холмы и равнины - никто не застрахован от изменения климата
Направление муссонов становится неустойчивым
А плодородные земли страдают от засухи и боли
Остановить изменение климата сейчас должно быть главным видением.

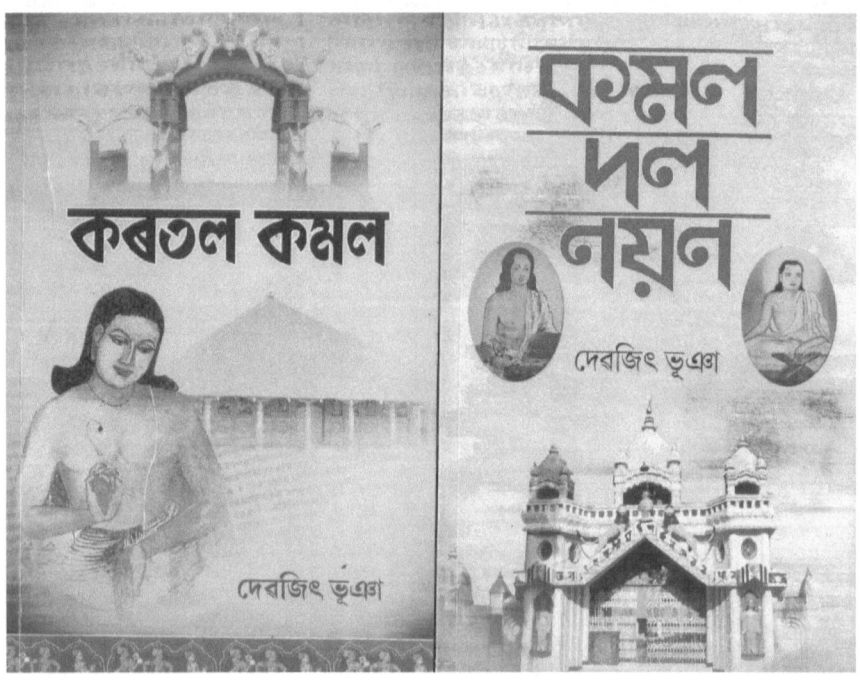

Злоупотребление

Ресурсы матери-земли истощаются
Но популяция homo sapiens растет
Не злоупотребляйте водой, не злоупотребляйте энергией
Не злоупотребляйте одеждой, не злоупотребляйте деньгами
Не злоупотребляйте ручкой, карандашом, бумагой и пластиком
Не злоупотребляйте сахаром, солью и даже одним зернышком
Не злоупотребляйте временем и не опоздайте на поезд
Миллионы людей все еще спят с пустым желудком
Сведя к минимуму потери, вы сможете кормить их два раза в день
Для Бога истинной молитвой может быть сокращение неправильного использования вещей.

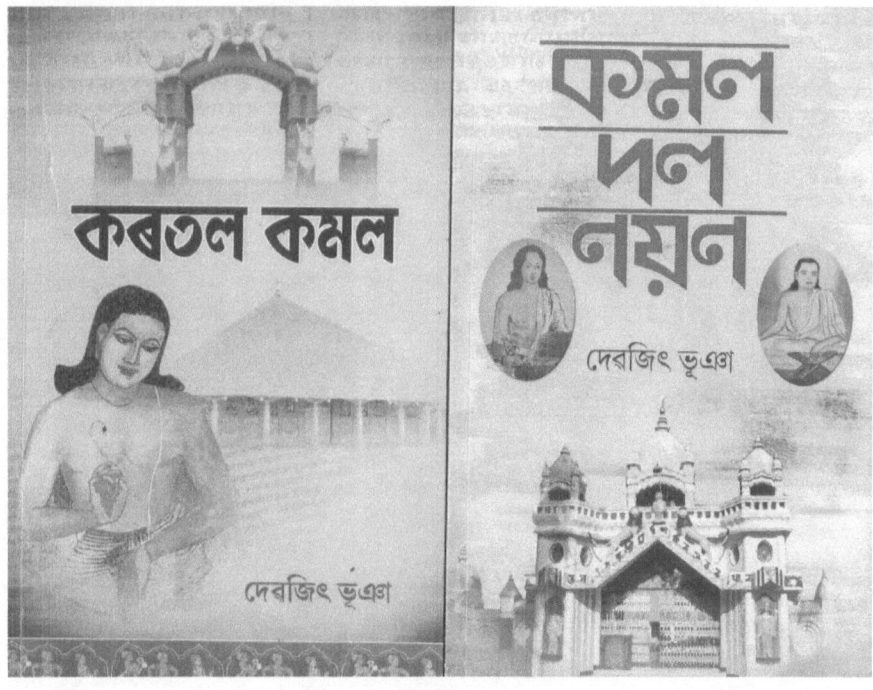

Однажды

Когда-то давным-давно Ассам был богат ресурсами
Ограниченное количество жителей в небольших городах и деревнях
В садах на заднем дворе на деревьях было много фруктов
На огородах росли зеленые листовые овощи
Пруды изобилуют различными местными разновидностями рыб
Внезапно люди мигрировали из близлежащих населенных стран
Они начали бесплатно занимать пастбища для скота
Конфликт начался между коренными жителями и мигрантами
Критический момент наступил после массового убийства иммигрантов в Нели
Нели по-прежнему остается загадкой в истории мирного Ассама
Политика разрушила основное учение Санкардевы о терпимости.

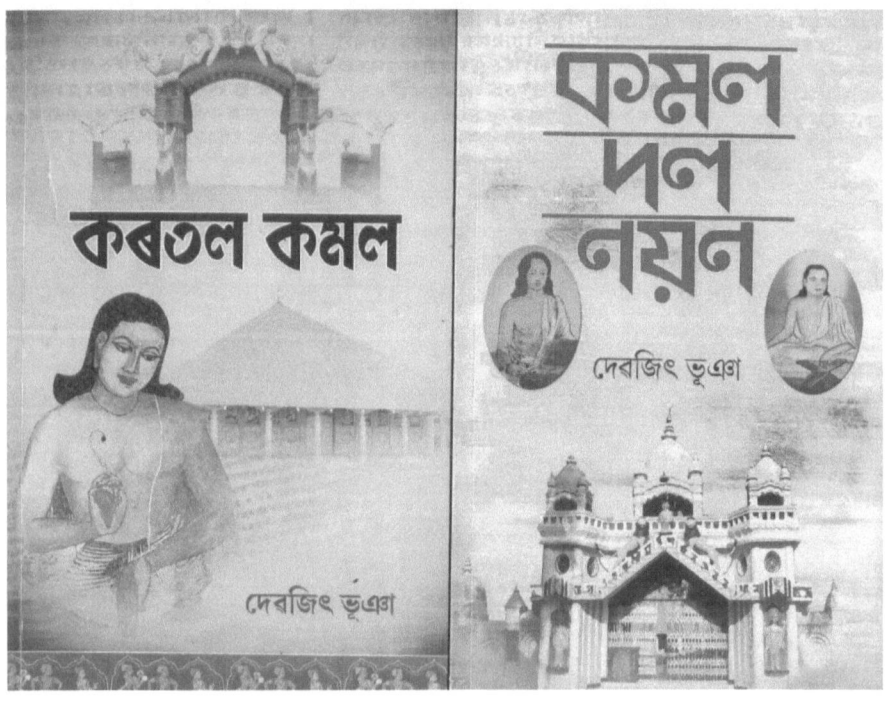

Бесполезная любовь

Любовь стала бесполезным маркетинговым товаром
Если вы будете раздавать деньги, люди будут любить вас и восхищаться вами
С деньгами будет изобилие любви и улыбающихся лиц
Но ваши повседневные расходы и расходы на проведение фестиваля будут стремительно расти
Как только вы перестанете быть щедрым, река любви пересохнет
Для общения и взаимоотношений в одиночестве вы должны плакать
Никто не вспомнит о вашей любви и заботе, которую вы проявляли к ним
Однажды ты перестал для них существовать, продолжая оставаться курицей, несущей золотые яйца
Лучше путешествовать по миру в одиночку и знакомиться с незнакомыми людьми
Вы можете завоевать чье-то сердце, не потратив ни единого пенни
Любовь этого неизвестного друга остается на всю жизнь, как мед.

Шестисотлетнее непрерывное правление Ахома

Ахомы пришли в Ассам из Бирмы, которая сейчас называется Мьянмой

И основал королевство Ахом, победив мелких королей

Они правили Ассамом шестьсот лет без каких-либо перерывов

Объединил все малые этнические группы, чтобы создать великий Ассам

Регион процветает благодаря сельскому хозяйству, торговле и строительству дворцов

Зная о богатствах Ассама, моголы семнадцать раз нападали на Ассам

Но завоевать королевство Ахом не удалось, и родились легендарные воины

Более поздняя междоусобица между принцами Ахома привела к падению королевства

Британцы легко разгромили бирманскую армию, которая на короткое время оккупировала Ассам

История и слава королевства Ахом угасли навсегда.

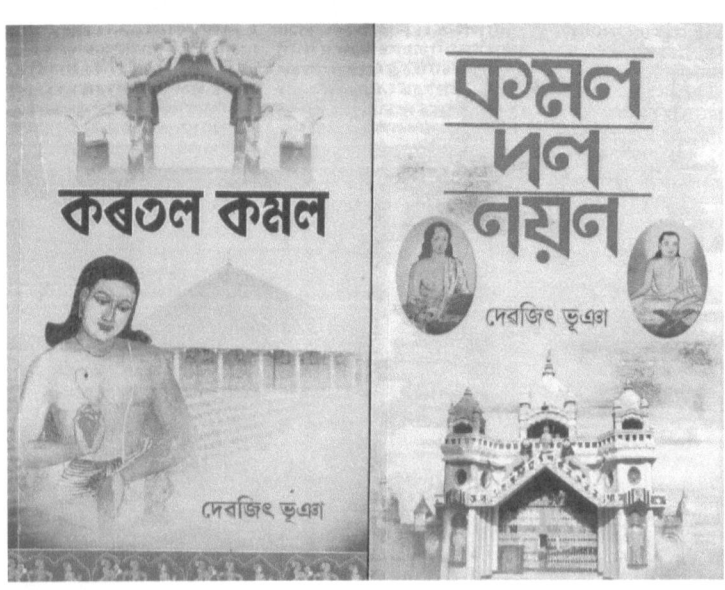

Я добьюсь успеха

Я не эгоист, живущий на изолированном острове
Без людей и общества у меня нет положения
Вот почему я всегда динамичен, а не статичен
Обладая силой людей, я становлюсь бесстрашным
Мы можем разрушить гору и прорыть новую реку
С людьми я могу парить в воздухе, как орёл.
Я могу сиять, как полная луна в небе.
Итак, я честен и предан своему народу
Я всегда веду совместную общественную жизнь, это просто
Командная работа - это мой путь к прогрессу
Именно поэтому я уверен в успехе своём и команды.

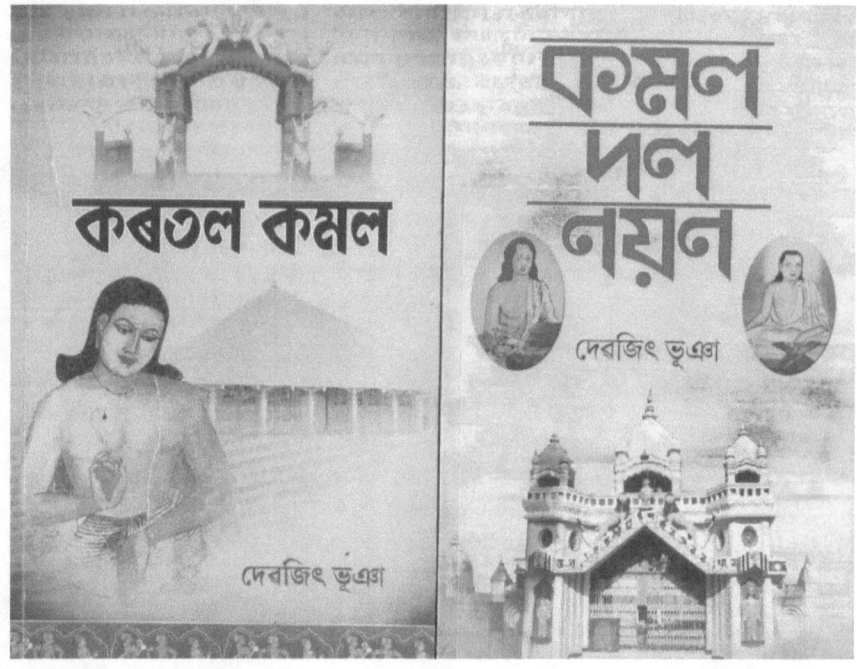

Сожженное цветочное дерево

Над деревом кадам (горящий цветок) орел вьет гнездо
Под ним слон усердно, радостно играет и отдыхает
Слониха-мать смотрит на ближайшее банановое дерево
Ее теленок хочет полакомиться маленькими банановыми побегами, растущими на свободе
Несколько маленьких кусочков хлопка, прилетевших из Сималу (бомбакс-сейба), долетели до нас.
Теленок прыгает, чтобы поймать то же самое, и начинает бегать за ним
Услышав бой барабана, мать насторожилась
Мы с трудом добрались до джунглей и насладились слоновьими фруктами
Даже там летящий хлопок приветствовал их белым цветом
Это время, когда природа наслаждается вместе со всеми живыми существами.

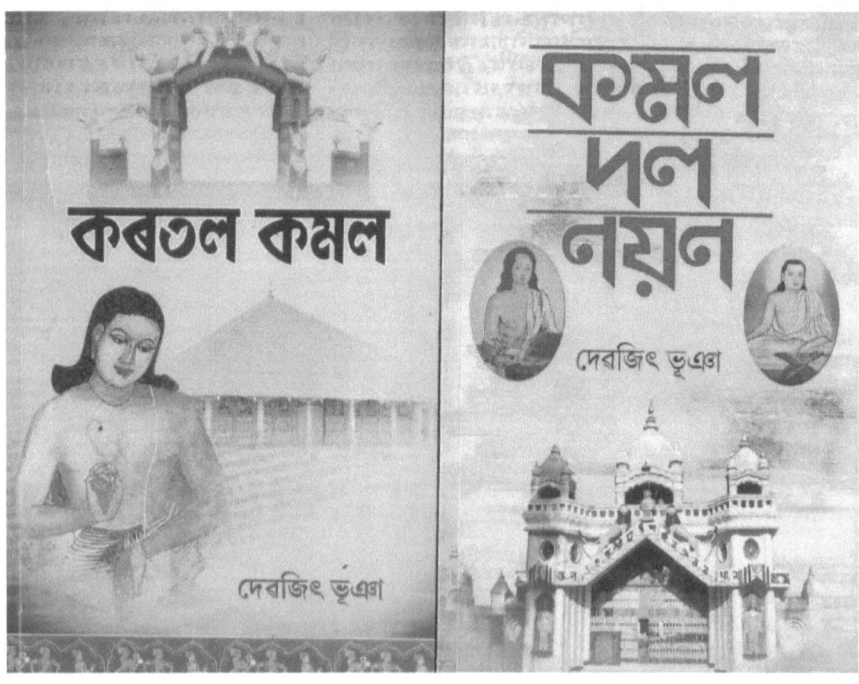

Народ арабских стран

Аравийский океан огромен и широк
Но люди с ограниченным кругозором всегда сражаются
Весь год в арабских странах слишком жарко
Это может быть причиной того, что арабский народ всегда воевал
Хазарат ввел новую религию, чтобы принести мир в регион
Поначалу на него давили люди, считавшие это государственной изменой
Хотя позже религия Мухаммеда быстро развивалась
Мир в арабском сознании исчез навсегда
Тем не менее, война в регионе продолжается и продолжается без какого-либо решения
Арабский народ нуждается в современном мышлении, связанном с освобождением женщин.

Джунгли

Джунгли и леса должны контролироваться животными
Не так называемым разумным, известным как homo sapiens
Этот мир принадлежит не только одному виду
Каждый биологический вид имеет право жить и выживать на этой планете
Может, мы и разумны, но у нас нет права уничтожать планету
Экологический баланс необходим и для выживания человека
Присутствие животных в джунглях может сделать окружающую среду устойчивой.

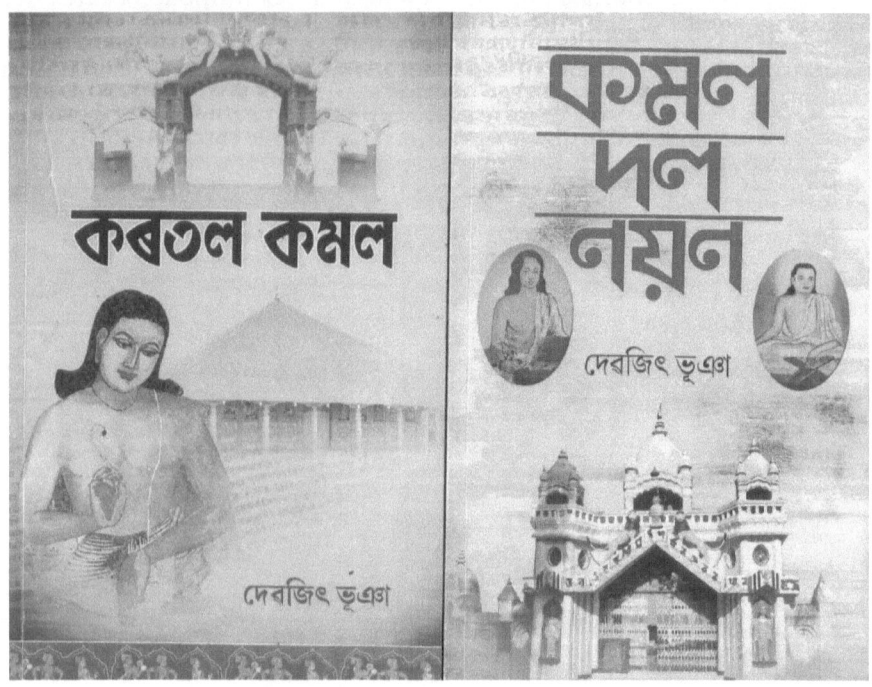

Хаддар (ткань хади)

Поощряйте использование ткани хади ручной работы
Это полезно для кожи и индийской экономики
В городах, где когда-то жил хади, им пренебрегали
Но теперь люди осознают его ценность
Ганди распространял хади с помощью чархи (прялки).
Кхади помог сельской индийской экономике расти
Тысячи сельских жителей имели денежный поток
Хади расширил возможности деревенских женщин
Но прядильные фабрики и производство полиэстера сильно ударили по Хади
Сейчас Хади постепенно становится популярным
В истории независимости Хади всегда будут помнить.

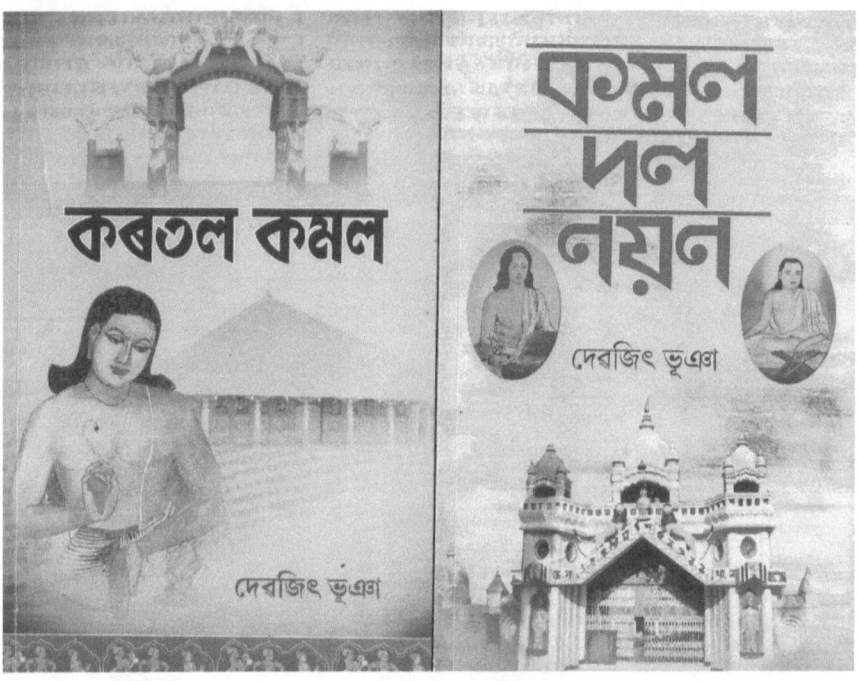

Аромат Ассама (масло агарового дерева)

Духи Ассама очень популярны в арабском мире

Нигде в мире не производится этот сорт агара

Аджмаль продавал его в Аравии, Европе и Америке

В настоящее время он также популярен в Бангладеш и Австралии

В джунглях Ассама растут агаровые деревья

При особом размножении насекомых агаровое масло вытекает

Аромат агара уникален и популярен среди мусульман

Все искусственные духи рядом с ним выглядят невысокими и утонченными.

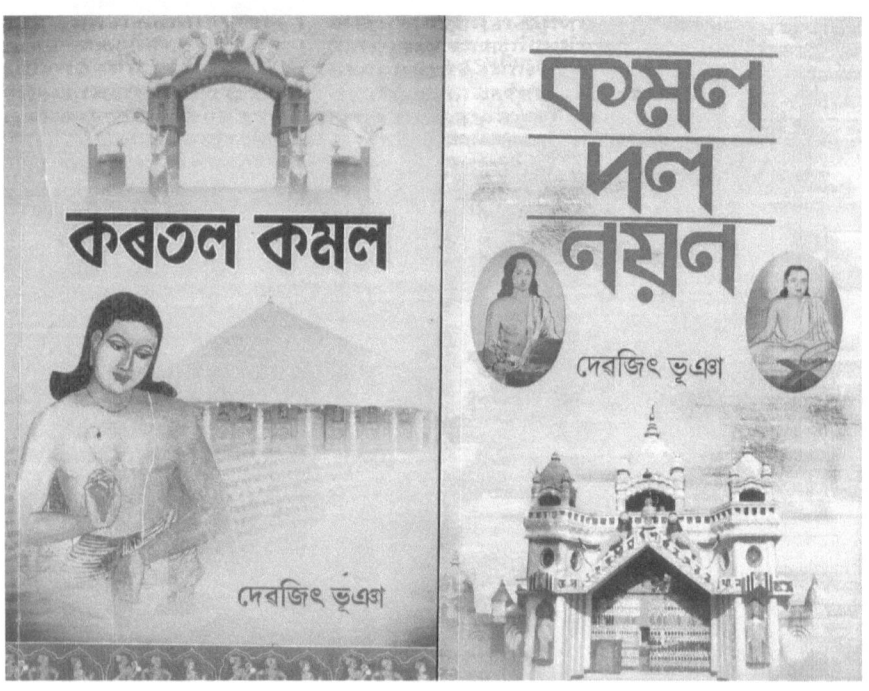

Наводнение

О твоей большой реке, О твоей мелкой реке

Не создавайте хаос из-за наводнения

Не уничтожайте посевы и не наносите ущерба плодородным землям

Из-за ваших действий больше всего пострадали бедняки

Во время сильного дождя вы выбираете любой маршрут, чтобы избежать дождя

Из-за наводнения пострадали многие цивилизации

Хотя реки - это жизненный путь человеческой цивилизации

До сих пор плотины также не могли обеспечить решение проблемы

Из-за прорыва плотины произошло несколько катастроф

О, твой могучий поток постепенно становится тихим и невозмутимым.

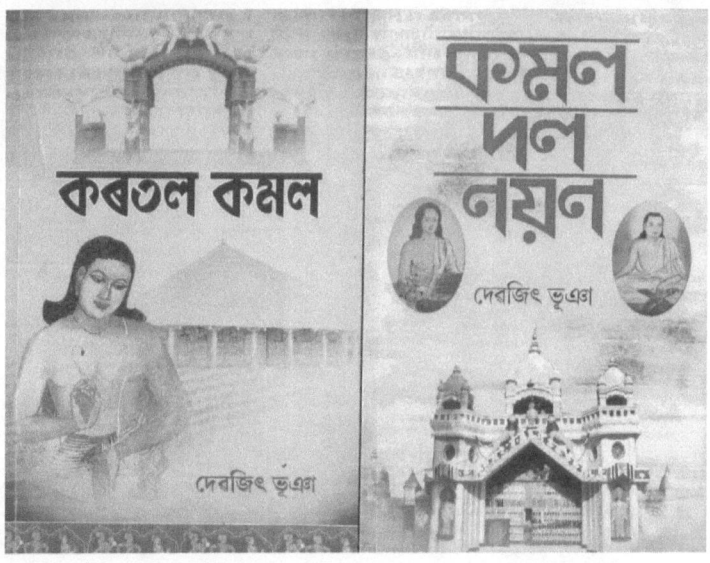

Плод труда (Карма)

Каждый должен наслаждаться плодами своего труда, плохими или хорошими

Третий закон Ньютона универсален и неизбежен

Добрые дела и благие поступки приносят хорошую отдачу

Плохие поступки и деятельность заставят вас страдать

Никто не застрахован от последствий или плодов Кармы

Делай хорошую работу, думай о хорошем - это дхарма Санкардевы

Приносите пользу людям, обществу, а также животному миру

В момент смерти вы обретете мир, умиротворение и уважение.

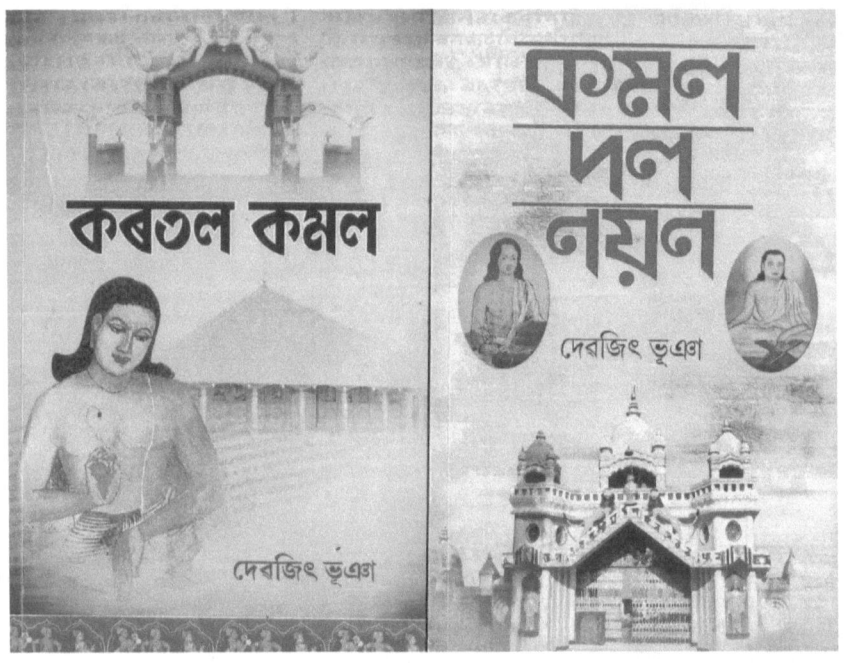

Ревность

Чтобы видеть успех других, не завидуйте

Добивайтесь большего, иначе жизнь будет бессердечной

Если вы будете ревновать, вы никогда не станете знаменитым

Критика других всегда будет делать вашу жизнь пористой

Вместо того чтобы сгорать от зависти, работайте изо всех сил;

Ревность и эгоизм - ваши злые спутники

Они никогда не позволят тебе стать чемпионом

Скорее всего, они испортят мнение вашего хорошего друга

Для достижения успеха в жизни изгнание зависти и эгоизма - хорошее решение

Откажитесь от плохого собеседника, мозг приступит к творческому моделированию.

Все пойдет как обычно

Останусь ли я жив в следующем году или нет
Земля будет совершать свое вращение
Времена года будут меняться, как обычно, в связи с загрязнением окружающей среды
Возможно, не существует какого-либо постоянного решения
И все же все будет идти как обычно, ни о чем не беспокоясь;
Мое разбитое сердце, возможно, не восстановится до самой моей смерти.
И все же с разбитыми сердцами люди будут сохранять надежду и веру
В состоянии вынести боль жизни, некоторые скажут "прощай".
Даже после неоднократных неудач некоторые из них сделают еще одну попытку
Но, тем не менее, планета будет двигаться все дальше и дальше;
Появятся новые теории о происхождении нашей Вселенной
Мнения ученых и философов будут самыми разными
Однако расширение Вселенной не остановится и не обратится вспять
Основные законы физики природа сохранит
Один год не имеет значения для мира, но наша память сохранит его.;
Свойство времени, прошлого, настоящего и будущего не позволит вернуться назад
Жизнь будет приходить, уходить и повторяться, как слои и стопки
Даже история крупных событий сохранится в течение ограниченного времени
Это красота природы и творения, такая сбалансированная и тонкая
Попрощайтесь с двадцатью-двадцатью тремя с радостью и вином.

ерепаха

Когда-то давным-давно медленный и уравновешенный человек выигрывал гонку.

Потому что шустрый кролик решил немного отдохнуть

Но сейчас все изменилось из-за вырубки лесов

И черепаха, и кролик теперь проигрывают в цене

Черепаха смогла обмануть хитрую лису, используя свой прочный щит

Но черепаха не смогла выжить и преуспеть в сельском хозяйстве

Черепаха открыла рот, когда ей следовало держать его закрытым

Летать в небе без ремня безопасности или парашюта неправильно

Ни журавли, ни черепахи не затыкали уши ватой

Реакция на шум и радостные возгласы всегда вызывает гнев или слезы.

Ворона и лиса

Лиса обманула ворону и с удовольствием съела кусочек мяса

Ворона отомстила, вызволив курицу из пасти лисы

Видя, как ворона пьет воду из горшка, подкладывая камешки

Лиса попыталась съесть виноград, несколько раз подпрыгнув, но безуспешно

Ворона посмеялась над неудачей с троллингом и оскорбительными позами

Если орел может поднять овцу, то почему не я, подумал ворон

Она прилипла к шерсти, и лисе это доставило удовольствие

Лиса молила Бога о том, чтобы над бамбуковым деревом пролился потоп

Где ворона сядет после свободного полета в небе

Бог лил дождь за дождем, заставляя лису плыть по разлившейся воде

Лиса поняла свою ошибку и помолилась, чтобы погода снова была хорошей

Если соседи умны и успешны, не завидуйте

Если вы попытаетесь конкурировать, не имея возможностей, условия будут бездушными.

Найдите свое собственное решение

Хотел прожить двести лет?
Станьте черепахой или синим китом и наслаждайтесь
Хотели полетать высоко в голубом небе?
Став орлом, вы можете попробовать
Хотели бы вы быстро бегать для укрепления здоровья?
Будь гепардом, и ты будешь впереди всех
Хотели быть высокими и смотреть вдаль?
Стань жирафом и ешь листья с дерева разговоров
Хотели жить жизнью, свободной от какого-либо контроля?
Быть зеброй, которую человек не смог приручить
Хотели поссориться и полаять на других?
Будь собакой-ротвейлером и кусай других
Хотели бы вы спать днем и ночью?
Будь ты коалой, и тебе не нужно будет работать и бороться
Захотелось съесть еще и слишком много еды?
Для тебя стать слоном - это хорошо
Хотели путешествовать без паспорта и визы?
Быть сибирским журавлем - лучший вариант
Но поскольку вы человек с интеллектом
Что бы вы ни хотели и что бы ни было приоритетным, вы сами находите решение.

Никто тебя не поднимет

Никто не поможет тебе, когда ты упадешь

Все бегут, чтобы завоевать корону

В безумной спешке вы можете быть раздавлены

Ваше мертвое тело может стать ступенькой

Всегда помните, что в этом меняющемся мире вы одиноки

Никто не придет вытереть твои слезы и нанести бальзам

Оставаясь в одиночестве, вы должны встать и сохранять спокойствие

В конце концов, все окажутся в одном и том же месте

Боль, удовольствия, слезы - все пойдет прахом.

Так зачем же вступать в крысиные бега, боясь каждую минуту упасть

Когда ты знаешь, что, в конце концов, неудача или успех не в счет

Двигайтесь медленно и уверенно, так как вы ничего не потеряете и ничего не приобретете

Таким образом, во время путешествия вы сможете избежать стресса и боли.

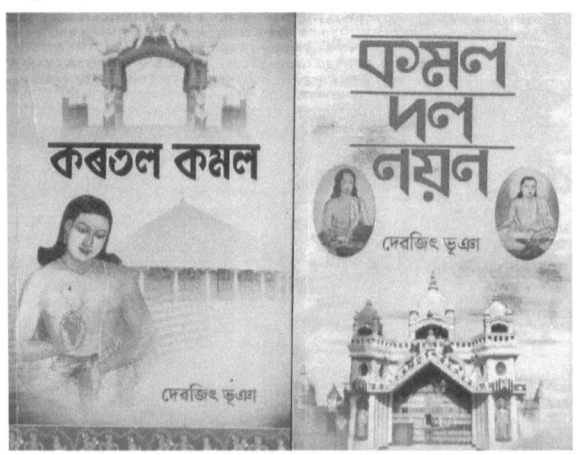

Ревность, Ревниво, Ревниво

Несколько лет он молился о Божьем благословении

Наконец, Бог появился и спросил: "Чего ты хочешь, дитя мое?"

"Я хочу, чтобы все, что я попрошу, я получал немедленно"

"Но зачем тебе такое благословение?" - спросил Бог

"Я хочу исполнить свои желания и стать счастливым и богатым"

"Я могу дать тебе это благословение только при условии, а не абсолютно", - ответил Бог

"Все условия для меня приемлемы", только исполни мое желание

"Ты получишь то, что желаешь, но твой сосед получит вдвойне"

Но если вы попытаетесь причинить вред другим, все исчезнет, предупредил Бог

Этот человек сказал, что Бог, приемлемый для меня, сказал "Аминь" и исчез

"Пусть у меня будет красивое двухэтажное здание", - пожелал мужчина

Тут же это произошло вместе с четырехэтажным зданием его соседа

О, у меня дома должно быть десять красивых машин!

Это случилось сразу с двадцатью прекрасными автомобилями его соседа

У меня на заднем дворе должен быть бассейн

Сразу же то же самое произошло с двумя бассейнами по соседству

В течение недели этот человек был разочарован и начал ревновать к своему соседу

Очень скоро он рассердился, глядя на богатство соседа

Думая о том, как победить соседа, этот человек сошел с ума

Когда он посмотрел на соседский дом, ему стало очень грустно

Сосед радостно прогуливался возле своих двух плавательных бассейнов

Увидев своего счастливого соседа, он внезапно принял решение

"Пусть мой единственный глаз пострадает", - пожелал мужчина, глядя на своего соседа

Сосед сразу же ослеп и упал в свой тамошний бассейн

Сосед умер, потому что не умел плавать

Этот человек сказал: "О Боже, возьми обратно свое благословение".

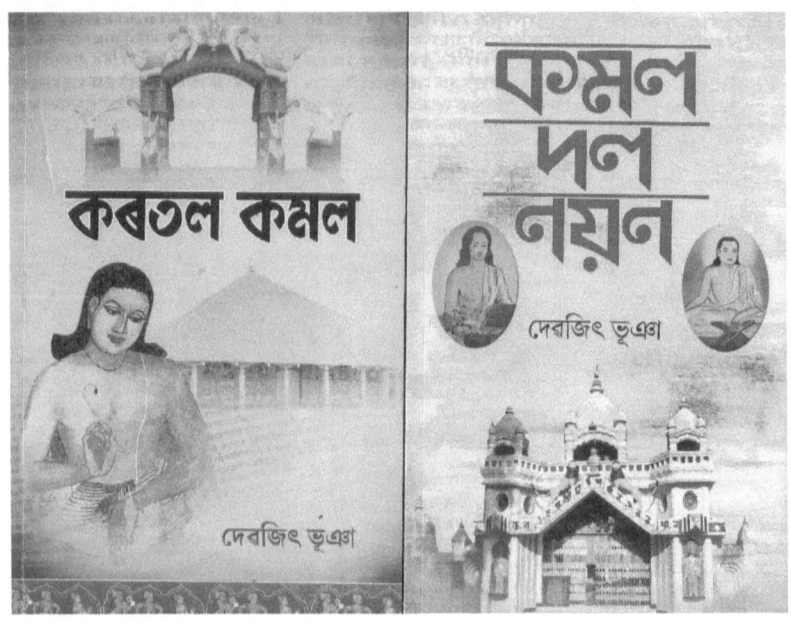

Смертность и бессмертие

Если вы хотите умереть, вы не умрете, потому что вы бессмертны

Если ты хочешь жить вечно, ты умрешь, потому что ты смертен

Основной жизненный инстинкт - жить, и жить вечно

Но закон природы противоположен: даже самые приспособленные должны умереть

Две противоположные силы, жизнь и смерть, постоянно находятся в действии

Вот почему эволюция видов продолжается и никогда не прекращается

Кто-то проживет несколько часов, кто-то - пятьсот лет

Но ни к кому из них природа не проявляла особого отношения и не проливала слез

До тех пор, пока вы живы, и трупное окоченение еще не началось

Ты не смертен, и бессмертие никуда не делось.

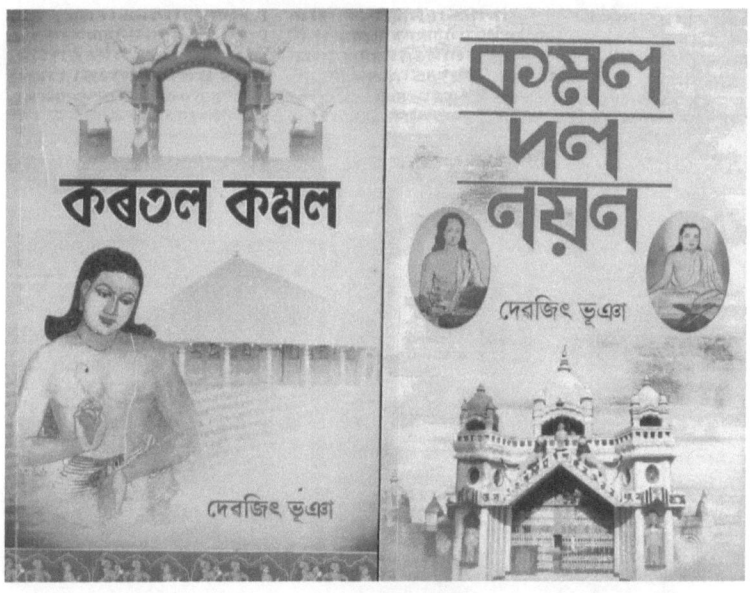

Я не знаю цели

Цель жизни - произвести на свет потомство
Или цель жизни - защитить генетический код?
Есть ли цель жизни в том, чтобы лучше питаться и хорошо спать
Или цель - создать историю, которую можно будет рассказать следующему поколению?
Цель жизни - накапливать деньги и богатство
И оставить все на время, отправляясь в рай или ад?
Цель жизни - стремление к покою и счастью
Тогда почему в жизни так много занятий и бизнеса?
Цель жизни - свести к минимуму боль и обеспечить максимальный комфорт
Тогда жизнь в коме была бы лучшим спасением;
Разве цель жизни в том, чтобы жить и давать жить другим
Как же тогда мы можем есть курицу, баранину и других животных собратьев?
Если молиться создателю и полировать яблоко Богу - это цель
Почему наш денежный предок, шимпанзе, никогда не проходил этот курс?
Жизнь без какой-либо цели или назначения
Просто живите сегодня счастливо и мирно - это единственное решение;
Когда мы пытаемся найти цель, мы оказываемся в глухом лесу без компаса
Лучше живите своей жизнью, прокладывая свой собственный путь, путешествуя, не думая о тупике.

Куда деваются наши кровно заработанные деньги?

Всю жизнь мы накапливаем энергию, чтобы преодолевать гравитацию и трение

Но нулевая гравитация и нулевое трение приведут жизнь к спячке

Источником жизни являются электромагнетизм и ядерные взаимодействия в сочетании с гравитацией

Трение важно для того, чтобы ориентироваться в нашей материальной жизни

Большая часть наших с трудом заработанных денег расходуется под действием силы тяжести

Красивые платья и украшения являются лишь дополнением

Чтобы снова перевезти весь дополнительный багаж, нам приходится тратить энергию

Игра с гравитацией, электромагнетизмом и ядерными силами - это жизнь

Роль трений заключается в том, чтобы выполнять всю работу так, как это делает жена

Превращение пищи в энергию и использование энергии для преодоления сил

Для выполнения этой основной работы по выживанию у homo sapiens нет альтернативных источников

Деревья находятся в лучшем положении с точки зрения силы тяжести и трения

Даже для производства продуктов питания фотосинтез является их уникальным секретным и простым решением.

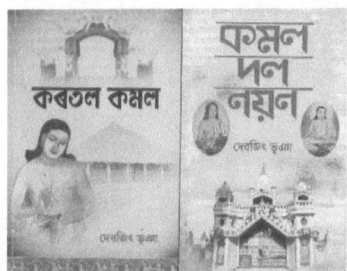

Мангуст

Он не знал ненависти, ревности или сложностей человеческой жизни

Он от всего сердца любил только своего хозяина и их ребенка

Никаких скрытых мотивов или личной заинтересованности в его любви и верности

Он был животным с животным инстинктом и выше жестокого человеческого разума

Итак, он боролся со смертью и звоном, чтобы спасти жизнь сыну хозяина

И он преуспел в этом благодаря своей честности и любви к своему хозяину

Его безоговорочная преданность и желание защитить своего юного друга

Но сложный и запутанный человеческий разум всегда сначала думает о негативном

Увидев кровь на теле мангуста, дама немедленно убила его

Потому что, на первый взгляд, очень немногие люди способны мыслить позитивно и хорошо.

Божьи благословения

Божьи благословения подобны внутренней оценке и сессионным отметкам

Если вы молитесь, совершаете пуджу и предлагаете ему деньги или золото, вы получаете благословение

Если вы не сделаете всего этого, вы останетесь живы, но успех будет еще впереди

Тем не менее, и без молитвы вы можете сдать экзамен, усердно работая над теорией

Кроме того, без apple polish многие люди написали бы историю получше

Люди, которые молятся каждый день, также умерли от болезней и несчастных случаев

Для непреданных жизнь и смерть также состоят из одних и тех же компонентов

Не понимаю, почему представители религий придают такое большое значение молитве

Никто никогда и нигде не видел Бога в образе голодного нищего

Научные доказательства воплощения Бога в материальной форме встречаются редко

Чтобы получить Божьи благословения, честность, правдивость и неподкупность - вот лучшие составляющие.

Лучше быть мертвым деревом

Я - мертвое дерево, лежащее под солнцем и луной.

Быстро разлагается, чтобы вскоре быть поглощенным матерью-землей

И все же для мха, грибка мое мертвое тело - благо.

Снабжать их пищей и питательным веществом даже после смерти

Для них я - факелоносец, указывающий путь в будущее

Пока я полностью не погружусь в почву и не стану ее частью

Все больше и больше сорняков и насекомых начнут новую жизнь

Однажды какая-нибудь птица уронит сюда семена моего собственного вида

Я снова вырасту большим деревом, и птицы будут делить мои ветви.

В то же время я бессмертный смертный, и о деревьях все должны заботиться.

Я живу с зомби

Я живу в стаде зомби
Зависимый от жадности к деньгам и похоти
Их система ценностей проржавела насквозь
Не желает убирать скопившуюся пыль
Только благодаря деньгам у них есть вера и доверчивость
Цель - обретение богатства и бессмертия
В погоне за вечной жизнью я утратил мораль.
Ради своей единственной цели они откажутся от целостности
Никто не может изменить отношение стада
Будда, Иисус и другие устали
Тысячи благородных людей умерли и отошли от дел
И все же, из-за жадности и похоти, зомби не устают.

И жизнь идет именно так

Понедельник, вторник, суббота - и неделя прошла.
Наступит ли время уплаты ежемесячных взносов в одно прекрасное утро
Январь сменяется февралем, а март внезапно сменяется декабрем.
Время идет своим чередом в ожидании автобуса и поезда
Ожидание в зале ожидания аэропорта - это пустая трата времени в компании vane
Долгие часы езды, чтобы добраться до места назначения, бесполезны
Мы проводим треть жизни в постели, и это всегда невежественно
Шесть часов изучения ненужных вещей в студенческой жизни не имеют никакой ценности
Ожидая у врачебных кабинетов, мы поняли, что время тянется медленно
Сколько месяцев мы провели в тюрьме, никто не считает
Три часа в экзаменационном зале с детства - это очень много
Мы никогда не подсчитываем, сколько времени мы тратим на то, чтобы сделать свою жизнь лучше
В одном и том же цикле мы движемся по кругу, и по кругу, и по кругу
Ни один человек не является планетой, обязанной вращаться вокруг Солнца в течение определенного времени
Если вы не можете выйти из комфортной рутины, для вас не будет солнечного света
Участвуя в забегах на скорость ради призрачного успеха и аплодисментов
Чтобы вести свою собственную жизнь по-своему, вы отстаете
Когда время подойдет к концу, и ты неизбежно сойдешь в могилу
Вы понимаете, я никогда не думал по-другому, потому что был робким, а не храбрым

Разбитое сердце

Когда внезапно сердце разбито

Некоторые люди напивались

Но это не проверенное средство

Ваша жизнь легко может быть украдена

В любой момент может случиться все, что угодно;

Легко сказать, забудь прошлое и двигайся дальше.

Но каждый не может стать геем

За разбитое сердце - цена, которую мы должны заплатить.

Когда мы думаем в одиночестве, мы можем найти способ

Солнце каждое утро посылает нам новую надежду и лучик;

Когда сердце разбито, некоторые люди совершают самоубийство

Но в период скорби быстро принимать решения никогда не стоит

Обратите внимание на страдания и боль людей снаружи

Даже если вы безнадежны, постепенно боль утихнет

Решение всех проблем вы найдете только внутри.

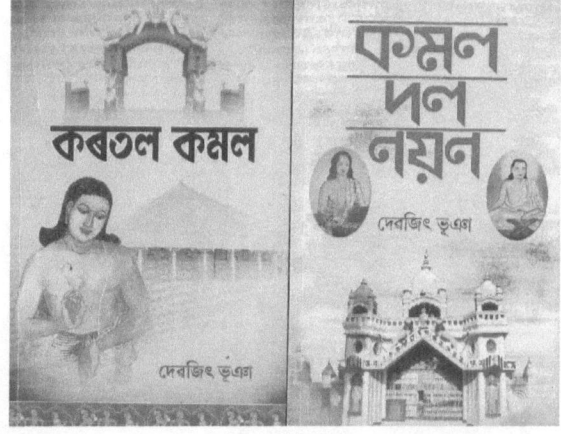

Непреодолимая технология

Цивилизация изменилась по своему характеру

Теперь люди стали более информированными и умными

Трудно распространять религию силой мечей

И вы не сможете навязать коммунизм под дулами пистолетов

Однако захват демократии военными не является редкостью

Некоторые люди еще не приняли принцип сосуществования

Чтобы защитить свои убеждения, во всем мире мы сталкиваемся с сопротивлением

Но развитие цивилизаций продолжается с упорством

Технология, несущая волны, никогда не беспокоилась о границах

И теперь они охватывают человечество подобно лесным пожарам, которые невозможно остановить

Скоро все пороки разделяющих социальных систем обратятся в прах.

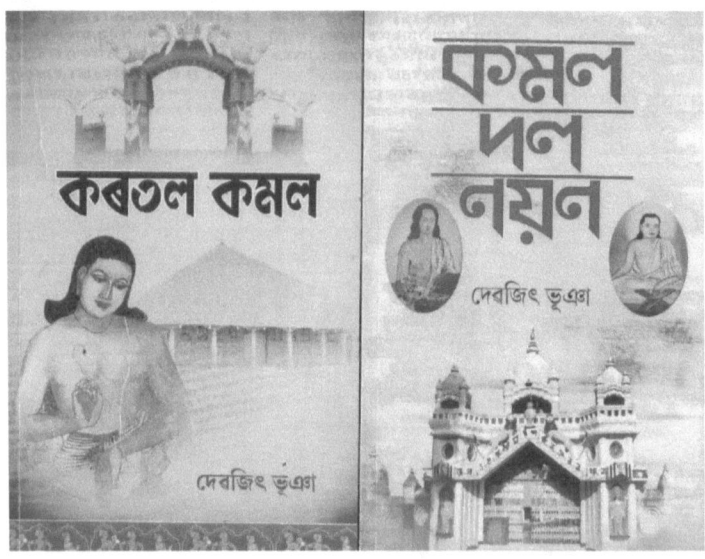

Гендерное неравенство

Она вытерла слезы под паранджой и посмотрела на небо

Четверо маленьких детей стаскивают с нее одежду

Прошло всего шесть лет с тех пор, как она ушла от своей матери

Она все плакала и плакала, но никто ее не слушал

Будучи старшим из десяти детей, должен принять никах

Она также несет ответственность за своих шестерых сестер

Как они могут пожениться, если дома находится старший

Ей было всего тринадцать, когда произошло первое проникновение

До сих пор помню, с каким испугом она смотрела на своего мужа

Три другие жены этого человека тоже смотрели на нее с болью

Но у них не было другого выхода, кроме как отправить ее в новую спальню

Теперь все четыре женщины живут вместе, испытывая ненависть и ревность.

Потому что им нужно кормить и воспитывать своих детей

Надеясь, что с ними не случится того же, что и с нами, что однажды взойдет солнце.

И мир будет свободен от гендерного неравенства во имя Бога.

Однажды стеклянного потолка не будет

Когда-то давным-давно ее заставили умереть на месте кремации
Они включили громкую музыку и барабаны, чтобы не слушать ее болезненный звук
С ней обращались как с рабыней, и она была вынуждена выполнять кабальный труд, прислуживая мужчинам
Даже королева всю жизнь оставалась с завязанными глазами, потому что король был слеп
Она была изгнана без всякой причины и логики только для того, чтобы удовлетворить мужское эго
Даже она не могла произнести имя своего мужа среди людей
Она жила в своем доме, как птица в клетке, и откладывала яйца, чтобы сохранить ДНК
Религиозные деятели даже запретили ей входить в храм
Но ее мужество нести свет цивилизации никогда не поколеблется
Вот почему мы до сих пор называем страну родной землей, а язык - родным языком
Теперь она вырвалась из клетки и находится в открытом небе, но ей еще предстоит взлететь на большую высоту
Однажды не будет дискриминации по признаку пола, и стеклянный потолок исчезнет
Достоинство материнства и красоту женственности никто не сможет запятнать.

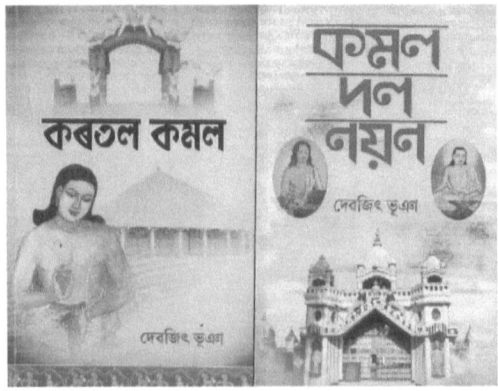

Бога не интересуют его молитвенные дома

Мир полон мечетей, церквей и храмовых комплексов.

Но мир и братство во всем мире часто наносят ущерб

Решение проблемы человечества, свободного от насилия и войн, не простое

Во имя Бога, все религии ведут нечестную игру

Даже в священный месяц Рамадан люди создают проблемы;

Бог никогда и нигде в мире не пытался защитить свой молитвенный дом

К разрушенным мечетям, церквям, капищам он холоден

Чтобы остановить убийства во имя Господа, он никогда не пытался дерзко

Благодаря эволюции и естественному процессу все развивается

Однажды идея пассивного и бездеятельного Бога останется нереализованной;

Разделение людей во имя Бога принесло человечеству страдания

В так называемых священных городах открылись прибыльные казнохранилища

Для покупки боеприпасов к оружию религиозные лидеры занимаются ростовщичеством

В наши дни из-за терроризма и насилия религиозные места превратились в детские сады

Единственное исключение - буддийские монахи из ламаистского монастыря.

Об авторе

Деваджит Бхуян

ДЕВАДЖИТ БХУЯН, инженер-электрик по профессии и поэт по натуре, в совершенстве владеет стихами на английском и своем родном ассамском языках. Он является членом Института инженеров (Индия), Колледжа административного персонала Индии (ASCI) и пожизненным членом Асам Сахитья Сабха, высшей литературной организации Ассама, страны чая, носорогов и Биху. За последние 25 лет он написал более 70 книг, изданных различными издательствами более чем на 45 языках. Общее количество его опубликованных книг на всех языках достигает 157 и растет с каждым годом. Из его опубликованных книг около 40 - это сборники стихов на ассамском языке, 30 - на английском, 4 - для детей и 1 из 10 - на разные темы. Поэзия Деваджита Бхуяна охватывает все, что есть на нашей планете Земля и что можно увидеть под солнцем. Он сочинял стихи о людях, животных, звездах, галактиках, океанах, лесах, человечестве, войнах, технологиях, машинах и всех доступных материалах и абстрактных вещах. Чтобы узнать о нем больше, пожалуйста, посетите его сайт *www.devajitbhuyan.com* или просмотрите его канал на YouTube *@careergurudevajitbhuyan1986*.

www.ingramcontent.com/pod-product-compliance
Lightning Source LLC
LaVergne TN
LVHW041850070526
838199LV00045BB/1533